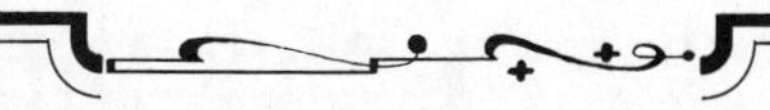

メディアワークス文庫

妖怪の遺書（ねがい）、あつめてます

岡田 遥

ハイケイ、人間。


諸君らは、妖怪(われわれ)がいかにしてこの世から消え去るか知っているか。

何が妖怪(われら)を死に至らしめるか。

では、生まれたわけは。われらと視線をかわせぬ理由は。

知らないのならば、知らないまま、もうろくして泥のごとく崩れ朽ちて、次の世では妖怪として生まれてくるがいい。そうして、たいそう困ったことになればいい。

誰が親切になぞ教えてやるものか。

思い出せ。畏(おそ)れを。夜に、とりわけ、大禍時(おおまがどき)におびえたわけを。

われらは怒っている。呆(あき)れて、物も言えぬほどである。人は——

序章 遺書

「つまりは――」

男は、深夜に人知れず町を吹き抜ける、暗い風に似た声をしていた。

「妖怪(ようかい)というのは、とてもかわいそうな生きものなんだ。親兄弟を持たず、繁殖もできず、妙に寿命ばっかり長いくせ、楽に死ぬことさえできない。こんな紙切れに頼らないことには」

そこには千草色(ちぐさいろ)の和紙がある。

和紙には、絵とも紋様とも言えないような奇妙な文字が並んでいた。

「これは『妖怪(ようかい)の遺書(いしょ)』と呼ばれるものでね。遺書と言っても、人が書くそれとはわけが違う。これは彼らが今生(こんじょう)から離れるために綴(つづ)るものなんだ」

男の指先が慈愛(じあい)を込めて文字をなぞった。

「この世に魂を縛り付ける、深い、深い、その未練(ねがい)を託すために」

第1章　付喪神（つくもがみ）

海沿いの寂れた骨董品屋（こっとうひんや）『ロマンス堂（どう）』。

古い食器やアンティークな棚や、はたまた茶釜（ちゃがま）やらたぬきの置きものやらで雑然とした通路を抜けると、奥の一角には海が見える出窓とイタリア製の上質な来客テーブルがある。

檜村野乃子（ひのむらののこ）は、そこで手紙をていねいにもとの形に折り戻した。

そして彼女が読み終えるのを、餌（えさ）を待つ猫のようにじいっと待っていた向かいの男に顔を向け、もう何度もそうしたように、性懲（しょうこ）りもなくまた、息をのんだ。

（——夜だ。夜を閉じ込めたような目）

野乃子はよく、相手の瞳の中に彼や彼女の本質を探した。

心穏やかな人は澄んだ琥珀（こはく）のような目でこちらを見るし、用心深い人は瞳孔（どうこう）の影に蛇（へび）を飼っている。

しかし彼の目はどこまでも深く静まり返って、感情の激しさは一つも見出せず、穏やかで、それでいて底冷えしてしまいそうなほどに闇（くら）い。

この男に出会ってから、野乃子はもう何度もその瞳の奥を覗き込んで、そのつど酷い不安に襲われた。くたびれたネイビーのシャツに黒のパンツ姿という、一見どこにでもいそうな装いはしていても、目だけが、明らかにただの人とは異なっていた。

「どうかな」

億劫そうな低い声が尋ねる。

「読めた？　読めなきゃここでサヨナラなんだけど」

野乃子は我に返って頷いた。彼から視線を外すと遅れて感情が手元に戻ってくる。その失礼な物言いに対するささやかな苛立ちも。

「怒っていますね。とっても」

「君が？　そいつが？」

「私が？　まさか、どうして」

「はは、怒ってる怒ってる。嘘がド下手だ」

野乃子はムッとして口を閉ざした。しかし顔にぴったり貼りつくのは、若者らしい溌剌とした良い笑顔である。

「じゃああなたは、これを書いたのは妖怪で、この手紙には妖怪の未練が詰まってるっていうんですか？」

「そうとも。まさしく。そのとおり」

野乃子はまだ男の言うことを信じ切れずにいる。

妖怪も、妖怪の書く遺書も、やっぱりなにもかも非現実的だ。

彼女の疑念を肌で感じたのか、仕方なさそうに腰を上げた男は、背後の棚から薄い箱を取り出した。

中には柄から剣先に至るまで錆で真っ黒になった短剣が一本収められている。

「これを心臓に一突きで、君は絶命する」

潮が引くように青ざめる野乃子の前に、今度は小瓶が置かれた。

「不眠薬だ。これを一度に大量摂取しても君は死ぬ」

「高所から落ちても死ぬ」

「血を失いすぎても死ぬ」

「たった十分酸素が巡らなくたって死ぬ――。けど、妖怪はそれだけじゃ死ねない」

男は、細い指先で机の上に置かれた二枚の紙切れを叩いた。

「器の死と魂の死――すなわち、肉体や依り代の寿命に加えて、心を縛る未練が果たされない限りは、彼らは今生に留まり続けるしかないんだ」

君がさっき視たあいつみたいにね。そう男は結んだ。

そのあいつを野乃子は知っている。ほんの一時間ほど前のことだ。

野乃子は城戸釜町の〝隠れ岬〟に立っていた。

神社で買ったいくつもの御守りを握りしめ、青春映画さながらの希望にあふれた笑顔で呟きながら、少女は窮していた。

「これは絶対、万事休す」

あらかじめ述べておくと、城戸釜高校二年一組、クラス委員長檜村野乃子は自他ともに認める優等生である。

自称ではない。そうあるべく努めて生きてきたから、そうなのだ。

試験は毎回必ず三位以内に結果を残し、悩めるクラスメイトの相談には遅くまで付き合い、道に迷ったお年寄りは後にどんな用事が控えていようとも絶対交番まで送り届ける。イメージ重視でもちろん三つ編みおさげ。一日三善がモットーだ。

そんな彼女の日頃の悩みは、友人の恋愛からクラスの人間関係、文房具屋のお姉さんのお見合い相談や、そこに通うおじさんの職場のいざこざ、小学生たちのブランコの取り合い、魚屋に忍び込む野良猫、いつも売り切れの自販機、タエさんの心もとない年金、右足の魚の目、期末試験、などなど多岐にわたったが、どれもこの悩みに比べればかわいいものだ。

だから仕方なく、滅多に人の寄り付かないこんな岬にまで足を運んで考え込んでいたというのに、今日に限って来訪者は現れた。

「そこの辛気臭い女学生。そんなとこにぼんやり突っ立ってられると存在が邪魔だ」

後から来たくせに遠慮も配慮もへったくれもない声は、そう告げた。

背後の林から現れたのは、ひょろ長い痩軀にボサボサの黒髪、真昼の日差しの中にあって不思議なくらい色の白い男だった。

「あ、ごめんなさい、すぐどきます」

誰かは知らないがこんなに堂々と人を邪険にするんだから、きっと地主さんか管理人さんに違いない。そうあたりを付けた野乃子は慌てて荷物をまとめたが、ふと男の発言を思い返し、その手を止めた。

「……辛気臭く見えるんですか？」

声をかけた人物は、自分から声をかけたくせにたいそうな変人を見る目で野乃子を見た。いや、野乃子だって見ず知らずの人間にこんなふうに話しかけられたら同じような反応をする。けれども今は非常事態だ。

「私の、一体どのあたりが辛気臭く見えるんでしょうか！」

鬼気迫る迫力で近付く野乃子に、男は顔をしかめて数歩下がった。

「……やだなぁ。僕、酔っぱらいって嫌いなんだよ」

「飲んでません。未成年です！」

「あっそ。いいからほら、退いた退いた。こんなとこにいたら怪我するよ」

するりと野乃子の横を通り過ぎた彼は、どこから取り出したのか小さな鳥居を崖のふちに立てた。一体何を始めるのかと純粋に頭をもたげた疑問を口に出すより早く、野乃子はすとんと尻もちをつく。

足に少しも力が入らない。

息も、なんだかうまく吸えない。

おくれて背筋をおぞましさが突き抜け、全身の皮膚がいっせいに粟立った。

「ほら。ぐずぐずしてるから来ちゃったじゃないか」

（――――何か、いる）

朽ちた木から漂うような甘い腐臭。

日中は汗ばむような初夏だというのに、いつからか外気は真冬のように冷え込み、吐いた息は白い。尻もちをついたまま、野乃子は肩越しにそれを見た。

赤銅色をした、蛇のような胴体。

それが鬱蒼とした林の暗がりから、ベタラベタラと奇妙な動きで這い出してくる。

「あ……あれ……」

「妖怪だよ」

ようかい。脳内で反芻する。驚くほどすとんと腑に落ちた。

太い胴体から無数の腕が生えている。人間の腕。のっぺりとして青みを帯びた肌。

十本や二十本じゃない。指を絡めているものもあれば祈りの形をとるものもあり、絡まり合って胴に巻き付いているものもある。

どの手の先にも小指だけ付いていないのが不気味だった。

「視えるなら目は合わせないほうがいい」

首から先へ視線をやろうとした野乃子は、慌てて目を背けた。

彼は地面に置いた鳥居にポケットから取り出した小瓶の中身をちょろちょろかけ始めている。鳥居はそんな些細な水の刺激にも頼りなく揺れていた。

野乃子は何が起きているのか一つも理解できないまま、黙ってそれを見つめた。

「どうぞ」

男が言う。応えるように空気が波打ち、それの首が鳥居の内側に納まった。胴体は首にかけて先細りしていたようだ。そうでなければあんなに小さな鳥居に頭は入らない。しかし、当然くぐれたのは首から先だけ。胴は未だに全ての腕で不気味にもがき、地面を引っかきながら鳥居のむこう側に身体をねじ込もうとしている。鳥居は不思議とびくともしなかったが、どう考えても、あまりに小さかった。

「あのう……」

恐る恐る声を上げた野乃子は、そこで初めて、男の視線を瞳のまんなかで受けた。凍えるような初夏の昼下がり。陽光の下で、その目には深海よりも深い夜が宿っている。

「――極楽と地獄だ」

唐突に男は言った。

「それと光と闇。善と悪に、表と裏、陽と陰。対になるものの、どちらか片方が負の意味を孕んでいるように思えるのは、人間が生んだ刷り込みと錯覚。実際にそこにあるのは名前を持たず曖昧で形のない不確かな全て」

「……あの、何の話ですか？」

「コレが何か知りたいんじゃないのか？」

野乃子が戸惑いながら頷くのを見ると、男はまた淡々と続けた。

「名前なんだよ。全ては名前から始まった。森羅万象に名がつくと言葉は魂を宿し、物は輪郭を得てしまう――。こいつも、昔はただの白蛇だった」

驚く野乃子の前で、男の声はどこまでも淡々としている。

「それを人が勝手に土地神に据え、社を作って祀り、神のごとく扱い、必要なくなったので更地に戻した。勝手な話だ。おかげで僕のような無関係な人間がこんな尻拭いをする羽目になるんだ」

「……あなたは、何者なんですか」

男は口を開いたが、やがて気が変わったように野乃子に背を向け、肩越しにしっしっと手を払った。

「こっから先はちょっと手荒だ。帰るなら早く帰ったほうがいい」

「……手荒？」

「腕を捥いでこいつを殺す」

あっさり告げられた言葉の意味を、野乃子はしばらく捉えかねていた。

「……じょ、冗談ですよね？」

「大丈夫大丈夫。もともと蛇に腕はないんだし」

「そういう問題じゃありません‼」

野乃子がふらふらの足を奮い立たせて男と妖怪の間に立つと、彼はゲ、とあからさまに嫌な顔をした。

「何だよ。まさか君お人好しか？　よせよせ、世界で一番嫌いだ」

「嫌いでいいです。でも、殺すなんて、絶対、だめ」

「何で？」

（……何でって）

今から殺しますよと言われてハイそうですかどうぞ、なんて言う人はいない。しかし男は依然として不思議そうな顔をしている。それどころか無知な野乃子を諭すような、どことなく哀れみを込めた声で続けた。

「君、さては何か勘違いしてるな」

彼が不意に腰をかがめたので、野乃子はすぐそばで、鼻先の掠めそうな距離で、男の瞳を見つめる羽目になった。

そこには見事な底なしがあった。

「あれは亡骸なんだ。死に損なった空っぽの器。腕さえなければいつだって自由になれる――。ああ、気にしなくていいよ。痛みなんか感じないんだから」

「……痛くなければいいんですか」

「いいに決まってる。人だって爪や髪を切るじゃないか」

それでも依然として譲らない野乃子に、男は次第に苛立ちを募らせ始めた。

「じゃあこれを放置するとどうなるか教えよう。

まず一年か二年でこの山が枯れる。土壌は穢れ、草花も木も、動物も虫も死に絶える。ここへ足を踏み入れた人間はもれなく厄を受け、厄はやがてその者と周囲に恐ろしい災いをもたらす――。こうやって、人外から人や土地に与えられた災いや傷を、妖痕と呼ぶんだけどね」

男は長細い指を二本立て、野乃子の両の目を指さした。嬉しそうに。

「君の身にも起きてるぞ」

野乃子はすっかり怯んでしまった。

男の言葉の意図するところは分かる。たしかに野乃子は、これまで一度だって人でない何かなど視たことはない。

それが今はっきりと視えているのは、その妖痕のせいだと彼は言うのだ。

「つまりは、あの腕なんだよ。身体中にまとわりついた、あのかさぶたみたいな未練を削ぎ落とさないことには、どうにもならない」

未練。野乃子は弾(はじ)かれるように顔を上げ、その時初めて、妖怪を直視した。

――どうしようもないほど、やっぱり、おぞましい。

怖い、悲しい、むなしい、寂しい。野乃子の胸中がゆるやかに、冷たい感情で満たされていく。溶いた墨(すみ)を泳ぐ金魚のように、深い悲しみに侵されていく。

いつしか目には涙の膜が張り、瞬きで頬をしとどに濡(ぬ)らしたが、それでも視線は離せなかった。目を背けてしまいたいほどのおぞましさがすべて、視ないでくれと訴える妖怪の叫びに聞こえてならなかったから。

（未練だって言った）

助けてほしいと願う相手がいるなら手を差し伸べなければならない。たとえその相手が人でなくたって、それが正しい。正しい人間の振る舞いだ。

（考えろ）

考えれば理解できるはずだった。なぜなら野乃子は、いつだってそれに努めて生きてきた。

「…………あ！」

欠けた小指が目に入るとひらめきが落ちた。

男の声が後ろで聞こえる。止めろと言っている気がする。しかし野乃子は、鳥居に引っ掛かっていた腕のひとつにまだ残っている小指を見つけるなり、一も二もなくそこに飛びつき――、結んだ。

痛いほどの冷たさが小指に走る。

それでも野乃子はほどかなかった。

まるで身体中の血管を冷水が駆け抜けていくような奇妙な感覚。

水中にいた。口の端からこぼれる水泡を追って上を向くと、はるか遠くの水面で何かが光る。鱗(うろこ)だ。白銀の美しい尾びれ。地鳴りのような笑い声が聞こえる。耳のそばを風がごうごう吹き抜けた。ススキ野原に誰かいる。川。夜の川に何千、何万の灯籠(とうろう)が。朝焼けが。夕立(ゆうだち)が。木立(こだち)の狭間(はざま)に。炭の燃えかすに――。目まぐるしく押し寄せては消える情景に頭が焼き切れそうになって、野乃子はとうとう固く目を閉じた。

「…………あ」

そして再び目を開いた時、妖怪はとっくに朽ちていた。

繋(つな)がったままの小指は驚いた野乃子が力を込めると呆気(あっけ)なく砕(くだ)けた。

白い土くれに変わった腕や胴体が崩れると、辺り一面が砂浜になる。

その砂の海から一匹の白蛇が、ひといきのうちに鳥居をくぐって空に消える。

ぽかんと口を開けてそれを見送った野乃子は、額で弾ける大粒の水滴によって飛び上がった。雲一つない晴天から、スコールのような土砂降りが降り注ぐ。

「わっわっ、わぁぁぁ」

逃げ場を求めてオタオタ足踏みするうちに雨はあがり、周囲がムワッとした熱気に包まれる。一瞬サウナにでも突っ込まれたかと思ったが、違う。さっきまで蝉の声はこれほど煩くなかったし、日照りはここまで肌を焼かなかった。

青く高々とした空にそびえる巨大な入道雲を見て、野乃子は潔く悟る。

夏だ。炎天下というやつだ。

六月半ばのこの町に、たった今、夏が来たのだ。

「いやぁ、すごいな君。びっくりしたよ」

驚き疲れて呆然とする野乃子に声がかかる。振り返ると、頭を振って雨粒を払う男の姿があった。

「さては君、変人だな」

「……たった今季節が加速したのに、びっくりしたのはそんなことですか」

「何か変か？　夏はいつもこうやってくるじゃないか」

もうわけが分からなくなってきた。

「そんなことより、驚くべきは君だよ、君。どんな厄を受けるか分からないのに妖怪に触るなんてどうかしてる。あそうか、たぶん君みたいなのが食べていいゲテモノを見つけるんだな。いつもどうもありがとう」

言われっぱなしの野乃子はぐっと堪えた。ふつう初対面の人間に対してはそんなにズケズケものを言ったりしないものだ。遠慮と配慮をもって接するべきなのだ。

しかし野乃子は大人なので、男の失礼な態度を水に流すことにした。

「あの白蛇の妖怪は、どこへ行ったんですか？」

尋ねると、さあね、と素っ気ない返事が返ってくる。

野乃子はその時、夏の高い空を見上げた男の姿が、ひどく寂しげに見えた気がした。

「ここよりはずっとマシなどこかだろうな」

ほんの一瞬のことである。

「……さて。次は君か」

振り返った男の口端には嫌な微笑が浮かんでいる。野乃子は警戒のため数歩後ずさったが、男はたったの一歩でその距離を埋めた。

野良猫が大好物のネズミを追い詰めた時、きっとこんなふうに目元を溶かす。

「君、さてはその笑顔(かお)、とれないな？」

それは先月の終わりごろだった。

野乃子はその日も各授業の宿題をそつなくこなし、シャワーを浴びて食事をとって、日付が変わる前に布団にもぐりこんだ。模範的な学生の生活スケジュール。

何か普段と違うことがあったとすれば、大切な手鏡が鞄の底で割れていたことくらい。

「あれっと、気付いた時には顔面に笑顔が貼り付いてたんです」

これが問題で、とれない。とにかくとれない。

全表情筋を駆使してもとれない。両手を使って引っ張っても伸ばしてもとれない。まるで両のえくぼを天から釣り針で引き上げられているかのように、常に口角が上がりっぱなし。

もしや何かの祟りではとあちこちの神社やお寺を回ってみたが無駄に御守りが増えるばかりで、今日縋る思いで行った病院からは冗談扱いで追い返されてしまった。

これが野乃子の「万事休す」であり、ここ一番の悩みなのである。

「どれ」

男が不意に顔を寄せたので、野乃子は驚いて硬直した。

初めに言っておくが、彼はクラスの女の子たちが騒ぐような爽やかイケメンではない。絶対にない。今だって、濡れた前髪が払われたから、白いおでこがきれいでうっかり見つめてしまっただけだ。

誰にともなく言い訳しているうちに、頬に長細い指が添えられた。今度こそボンボン跳ねまわる心臓に息をのんだ時、野乃子の頬は上下に引き伸ばされる。

「なるほど、これはたしかにとれない」

粘土をこねるように中央に寄せてみたり左右に引っ張ってみたり、好き勝手もみくちゃにこねくりまわされた野乃子は、とうとう男の顔面を、横っ面ではなく顔面を、無言で強か(したた)にひっぱたいた。男は潰(つぶ)れた蛙(かえる)のような声を出した。

「いい加減にしてください、こ、この変態！　女の子の顔をそんなにベタベタ触るなんてありえません！　通報します！」

男は顔を押さえて呻(うめ)いていたが、暫(しばら)くして指の間から恨めしそうな目を覗かせた。

「……変態とは心外だ。僕は見てやっただけなのに」

「見てやったって何を！」

警戒心むき出しで尋ねた野乃子は、次の言葉で再び硬直することになる。

「君に刻まれた妖痕を」

「妖痕……妖痕って、でも、さっきの白蛇はもう」

「あいつのせいじゃない。その顔は、それとは別問題さ」

――君、何か妙な手紙を持ってないか。

野乃子は静かに息をのんだ。男はその反応を目敏（めざと）く拾い、性急に核心をつく。

「それは君には読めない文字の羅列（られつ）で、捨てようにも落書きやイタズラではない気がして捨てるに捨てられず、持て余しているうちに、顔がそうなった？」

腕にぷつぷつ浮いた鳥肌（とりはだ）を野乃子は擦（こす）ってしずめた。

たしかに、妙な紙を一枚持っている。

読めないし捨てられなかったのも事実だが、野乃子はそのことについて、まだ誰にも打ち明けていなかった。

不信と警戒に満ちた沈黙を受け、男は仕方なさそうに後ろポケットをまさぐる。

そこから『骨董品鑑定士認定協会　認定書』と仰々しく書かれた証明書を取り出し、野乃子に渡す。名前の欄には手書きで、茅島（かやしま）、と書かれていた。

「僕は収集家（コレクター）でね。海沿いの骨董品屋で価値のあるものを売ったり買ったりしてる。その手紙について知っているのは、それが僕の収集品の一つだからさ」

手を差し出されたので、野乃子は「あっ」と声を上げてそれを握り返した。

「城戸釜高校二年の檜村野乃子です」

「違う。手紙だよ手紙。何でよろしくする気ないのに握手させるんだ」

ぺっと手が跳ねのけられ、野乃子は固く心に決めた。この人とは友達にならない。

「君の妖痕はその手紙が原因だ」

「手紙が……？」

「ここで会ったのも何かの縁だし、僕が引き取ってあげるよ。それで万事解決さ」

いかにも胡散臭い笑顔だったが、自分でどうにかできないのも事実。野乃子はしぶしぶ鞄から四つ折りの手紙を取り出した。

それは萌黄色の和紙で、柔らかく、なめらかな手触りをしている。

今から綴るのは、終生の、切願なのでございます。

手紙を開いた野乃子は妙な書き出しに首を傾げ、すぐさま異変に気が付いた。

「……あれっ？　読める？」

これまではただの落書きにしか見えなかったものが、今はたしかに、文字の形を成している。

「読める？　ハハ、そんなはずない」

軽い冗談のように笑った茅島は、試しにそれを野乃子に音読させ、二度目は自分も横から中をのぞき、三度目は一緒に声を揃えて、ようやくひっくり返るほど驚愕した。

「――前言撤回。よろしくしよう、檜村野乃子！」

言うなり、彼はあっという間に野乃子を自身の店へ連れ帰ってしまった。

知らない人について行くなんて優等生失格だと野乃子はこの後おおいに反省するが、結局はその出会いによって刻まれた妖痕も、それどころか自らの命すら掬い上げられることになったのだから、彼女は幸運だった。

かくして、野乃子は今、茅島の営む骨董品屋『ロマンス堂』にいる。

（……なんだか、変なお店）

その店は廃トンネルの傍、海沿いの道にぽつんと佇んでいた。

店先には天井から燭台が吊るされ、壁には錆びたトランペットが一本引っかかっている。ガラスケースの中には美しい模様の皿やカップと並んでインド象の置きものが。柱にはどこかの国の奇妙な面が縦一列に並んでいた。

まだ真昼だというのに店の中は薄暗く、天井に吊り下げられたいくつかのペンダントライトが誘い込むような美しい灯をともしていた。

「ただいま」

「お帰りなさい。茅島」

店の中から穏やかな低い声が返された。

出迎えたのは六十代と思われる口ひげの老人だ。茅島に続いて店に入った野乃子に驚いたのか、人差し指と親指で眼鏡のふちを摘み、少しずらしてまじまじ見つめた。

「茂野。彼女は檜村野乃子。僕の客だ」

茂野と呼ばれた老人は、途端に嬉しそうに目を細めた。

「どうぞこちらへ。暑かったでしょう。何か冷たいものでもお出ししましょう」

招かれるまま奥へ進めば、店内は外から見た以上にごたついていた。

目を引くのは店の中央にある巨大なショーケースで、西洋の甲冑と日本の鎧が丸々一式収められている。突き当たりには小ぶりなカウンターと、その奥に重厚なかまどが見える。(骨董品屋にどうしてかまどが……)と疑問に思っているうちに、茂野は野乃子を金色のコーヒーメーカーの前に案内した。

「これはベルギーの横式サイフォンでして、こうしてフラスコで沸かされたお湯がロートを通り、コーヒーを抽出してくれるのです。とびきり美味しいコーヒーをお出しできますが、何かお好みの飲み方はありますか？」

野乃子は反射的にいいえと首を振った。品があると評判の笑顔で答える。

「ブラックで結構です。お気遣いありがとうございます」

茂野はその返答にほんの少し目を見開いたが、では後ほどお持ちいたしますと微笑(ほほえ)んで、彼女を海の見える来客席へ案内した。

既に席についていた茅島は、向かいに野乃子を座らせるなり口を開いた。

「君が読んだアレは、『妖怪の遺書』と呼ばれるものだ」

読みかけで伏せられた本や古い木簡(もっかん)が積まれた机に無理やりスペースをつくり、茅島はそこに萌黄色の手紙を置く。

その口調には隠し切れない高揚(こうよう)が感じられた。

「この世に視える奴はごまんといるが、妖怪の文字が読める人間なんて存在しない。いたとしたら、そいつはとっくに人じゃないからね」

「……言ってる意味がよく分かりません。だって、茅島さんは人間ですよね？」

茅島は皮肉っぽく笑った。

「さあ。僕のことなんかどうでもいい。問題は君だよ」

夜色の瞳が野乃子を射抜く。

「君はたしかに人間だったはずだ。少なくともあいつに飛び掛かった瞬間までは」

あいつ、があの白蛇の妖怪を指すことは、野乃子にも分かっている。

「よく覚えていないんです」

無意識のうちに小指を撫でながら、野乃子は答えた。

あの時、何かたくさんのことが一気に起こった気がするのに、それが何だったのかうまく説明できない。はっきりと思い出せないのだ。

「あの白蛇と、何か大事な約束をした気がするんですけど……」

茅島はしばし探るような目で野乃子を眺めていたが、やがて投げうつように視線を外した。

「まあ、どのみち君はもう普通には戻れない。あいつの〝人間の願いを叶えたい〟という未練を果たしてやった時、何か予期せぬ厄を受けたんだろう。それで」

「ちょっと待って」

茅島の言葉を遮り、野乃子は啞然とした。

「……茅島さん、あの妖怪の未練が何か知ってたんですか？」

茅島は怪訝そうに眉をひそめる。

「知ってたってより、あんなの見れば分かるだろ」

野乃子は信じられない思いで問いかけを重ねた。

「じゃあ、知っていたのに、腕を捥ごうとしたんですか？」

隠しきれない非難の声音に、茅島はようやく野乃子の真意を汲んだらしい。冷笑で応じた。

「何かいけなかったかな？」

（……なんて酷い人なの）

あの白蛇の妖怪の未練は、まさしく、応えられなかったことだ。

自分を祀（まつ）り、健気（けなげ）に信仰した人間たちの、どうか叶えてほしいと願う心に。

いくつも腕を生やしたのはより多くの小指（やくそく）を結ぶためだ。

それを斬り落としたのは、自分が約束を叶えられなかったからだ。

「君だって学校で数学をやってるだろ？　答えを導き出す方法は何通りもあるじゃないか。あいつが〝願いを叶えたい〟なんて未練を抱いたのは、神なんかでいたがったせいだ。――つまり、元の形に戻してやればいい」

茅島は口端に酷薄な笑みを浮かべた。

「自分がただの蛇だったことを思い出せば、そんな未練抱く価値もないと気付くだろ」

「そんなの、いくらなんでも乱暴すぎます！」

「じゃあ君が正しかったのか？　我が身を捨てて得体の知れない化け物を救うことが」

茅島の言葉の鋭さに、野乃子ははっきり怯んだ。

「君の本能が嫌悪した存在に進んで近付き、触れて、結果見事呪われた。でもこれってめでたいことだよな。だってあの白蛇は自由になったし、君は君の望むまま、慈眉善目なヒーローになったんだから。つまり──つまりはさ」

野乃子は茅島の瞳が、じりと仄暗い熱を帯びるのを見た。

「糞食らえだろ」

そこでようやく自覚した。

これは理不尽な問責ではない。きっとあの時だ。お人好しは嫌いだと言った茅島に構わないと告げた時から、彼はその言葉の通りに野乃子を嫌ったのだ。

(でも……どうしてこんな……)

茅島、と二人を遮るように柔和な声が差し込まれた。

「再三言っておりますが、女性には優しく、親切に接さなければ」

「……僕は今彼女をどうにか泣かせられないか奮闘してるとこなんだ」

「おや。気になる女性を泣かせたいだなんて、まるであなたの嫌いな小学生男児のようですね」茂野が言うと、茅島は顔の中心に不快を集めて黙り込んだ。

「さあ、野乃子さん怖かったでしょう。このとびきり甘いのでも飲んでお忘れなさい」

野乃子の前に置かれたのは、たっぷり生クリームの乗ったアイスカフェラテだった。上にはチョコソースと砕いたオレオのトッピングまで乗っている。

見上げると優しい微笑みとぶつかった。

「ブラックも悪くないですが、あなたのようなお嬢さんには、たっぷり手間暇かけた一杯が相応しい――。甘いものはお嫌いですか？」

野乃子は大きく首を振る。

本当は、甘くてたっぷりミルクの入ったコーヒーが大好きだったから。

「脅しても甘やかしても崩れないとは……。いよいよ筋金入りだな」

そう言って茅島は、テーブルの端に置いてあった紙を野乃子に差し出した。

泣かせたい理由が単に気に食わないからなのか、顔をどうこうしようと思ってなのかは分からないが、ひとまずあの敵意まみれの態度で追い詰めるのはやめたらしい。

「これは君のとは別の『妖怪の遺書』だ。僕のコレクションから選りすぐった一枚。もし君にこれが読めるなら、僕がその妖痕を解くのに協力してあげてもいい」

「え!?」

思わず身を乗り出した野乃子を押し返すように、鼻先に一本指が立てられる。

「読めたら、ね。正直僕はまだ疑ってるんだ。妖怪の文字を読める人間なんて」

「……あの、これって、そんなに珍しいことなんですか？」

「珍しいどころの話じゃない」茅島は食い気味に答えた。

「俗にいう視える奴らが視てるのは妖怪の器……つまり外側の部分だけど、『遺書』に記されているのはもっと深く、言うなら、彼らの魂そのものだ。

妖怪はそれを隠すために化けるし、欺く技を磨くくらいだから……。それが読める君は間違いなく奴らの脅威だな」

他人事のように笑う茅島。野乃子は改めて『遺書』に目を落とした。

その時一瞬抱いたほのかな興奮は、すみやかに胸から締め出されていく。茅島の背後の古びた鏡と、そこに映る自分と目が合ってしまったから。

「私がそれを読めたら、明日までに泣けるようにできますか」

そうだ。茅島がどれだけ人でなしであろうが、非現実的な何かがこの身に起こっていようが、この笑顔が消えるなら全部どうでもいい。

野乃子には時間がない。

「明日、母の百箇日(ひゃっかにち)があるんです」

それだけで意味は通じたらしく茅島は意外そうに目を丸めたのち、微笑んだ。「お安い御用さ」と、あいかわらず、どこか人の不安を掻き立てるような眼差しで。

かくして、物悲しげなひぐらしが鳴く、どう転んでも夏の夕暮れ。野乃子は茅島と駅に向かっていた。

襟の空いた涼しげなシャツに着替えた茅島だが、黒いパンツと相まってまるで影が歩いているようだ。

「百箇日は卒哭忌ともいって、嘆き悲しむ日々から一歩前進するために設けられた日だ。そんな日にわざわざ泣きたいなんて、君ちょっとヘンだぞ。ヘン」

臆面なく人をヘン呼ばわりした茅島に、「仕方ないじゃないですか！」と野乃子は笑顔で嚙みついた。

「お通夜もお葬式もなんだか実感がなくて泣けなくて、四十九日の時には既にこの顔になっちゃってたんですから！」

「きっと不謹慎な奴だと思われたな」

からから笑う茅島は、出会った当初からは想像もつかないほど上機嫌だ。それは店を出る前、見事『遺書』を読んでみせた野乃子と交わした、あの約束のせいだろう。

「――私に『妖怪の遺書』を集めるのを手伝ってほしい？」

野乃子から『遺書』を受け取った茅島が、「そ」と短く答える。

余談だが、茅島選りすぐりの『遺書』は、人間への恨みをしこたま綴った一枚で、読み終えた野乃子はげんなりしたし、それを眺める茅島は喜色満面だった。

「『遺書』を持つ人間は、どういうわけか中々それを手放したがらないんだ。でも君が相手ならそいつらも少しは油断するかもしれない。なんせ君って見るからに誠実そうで裏表がなく、善良で、お人好しの集大成みたいなオーラが出てる」

「褒めてますか？」

「褒めてない」

でも都合はいい。茅島は続けた。

「さっき話した妖怪の死については理解したかな」

野乃子は自信なさそうに頷く。

妖怪は『器（うつわ）の死』という、人でいう寿命が切れた状態と、『魂（たましい）の死』という未練がなくなった二つの状態が叶わないと死ぬことができない、というものだ。

「じゃあ、特に未練のない妖怪の魂は、すぐに消えちゃうんですか？」

「前提として、未練のない妖怪は存在しない」

野乃子の質問に茅島は専門家のような口ぶりで答える。

その間も手はせわしなく机上にある紙や本やペン立ての位置を微調整していたので、ごちゃついて見えた店内も実は彼のこだわりの配置なのかもしれない。

「これは妖怪の発祥(はっしょう)に起因する話なんで詳細は省くが、大袈裟(おおげさ)に言うと、奴らは未練を果たすために生きてる。だから器の寿命もそれに則(そく)していることがほとんどだ」

なら未練を果たした頃がちょうど身体の終わり時であるということだろうか。

意外とシステマティックである。

「だから、さっきみたいに片方だけ残るってのが厄介(やっかい)でね……。器だけが残っても魂だけが残っても、どちらも最後はおぞましい何かに変質する」

「あの白蛇の妖怪は、魂だけ先に消えてしまったってことですか？」

「まぁそうなるね」茅島は言って肩をすくめた。

「どちらかといえば器の寿命が先に来るほうがありがちだ。叶えたい望みがその身に余りすぎてたり、果たせる未練を果たさずダラダラ過ごしてたりすると、あっという間に器の終わりが来て焦ることになる」

なんだか夏休みの宿題みたいだ。野乃子は頭の隅でどうでもいいことを思った。

「そんなふうに、どうやっても果たしきれなかった未練を綴ったのが『妖怪の遺書(これ)』

さ。ここに記して誰かに託すことで、妖怪は器が壊れたあとも妙なものに変質せず、未練が果たされるのを待つことができる」

滞りなくされた説明に納得しかけた野乃子は、ん？　と顔を上げた。

「あれ？　今、託すって言いました？」

「言ったけど」

「……もしかして、私のこの笑顔が消えないのって」

「察しが良いじゃないか」

にやにやと嫌な笑みを浮かべる茅島。

「妖怪が人や環境に与える災いを妖痕と呼ぶと、教えたろ。その顔がまさにそう。君は妖怪に『遺書』を託されたから、今そんなことになってる」

「茅島さん、これ集めてるって言ってましたよね？　はいどうぞ。あげます！」

「無駄だよ。そこに書かれた未練を果たさない限り、君の妖痕は消えない」

野乃子は顔を覆ってうなだれた。

まさか会ったことも話したこともない妖怪からそんなものを託されていたなんて。

しかも、それがこの笑顔の原因だったなんて、一体誰が想像できるだろうか。

「そもそも私、妖怪の知り合いなんていないですよ!?　視えたこともないし！　何かの間違いじゃないんですか⁉」

ヤケになって尋ねたが、茅島の返事は一貫して無情である。

「稀に別の人間を介することもあるらしいけど、最後は必ず託された者の手に渡る。君はそれだけはっきり妖痕が現れてるんだから、まず間違いないだろうね」

茂野から湯気の立つコーヒーを受け取った茅島は、目を伏せて笑った。

「それにしても、君はとっても運がいいな」

「……一体どのへんがでしょうか」

顔から笑顔が取れなくなった挙句、見知らぬ妖怪の未練を果たさなきゃいけないこの状況の、一体どのあたりが幸運だと言うのか。

「だって普通は『遺書』を託されても読めないし、自分の身に何が起こってるのかも理解できない。なのに君は特別な目を手に入れ、さらに、僕とまで出会った」

カップを傾けた茅島の、仄暗い視線が野乃子を絡め取った。

「僕が君の望みを果たした暁には、その目は僕が貰うから」

「――痛いのは嫌です！　さよなら！」

「野乃子さん。誤解ですから。ひとまずその荷物を置いて」

涙目で席を立った野乃子に茂野は優しく説明を始めた。

「どうやらその『妖怪の遺書』というのは、人に託されることが多いそうなのです。ですから茅島は、それを探す手伝いをしてほしいのですよ」

「……茂野さんには、読めないんですか？」

尋ねると、残念ながら、と微笑で返される。

茅島は続けた。

「君の仕事は遺書を見て「あ、これはゴミですね」と回収してくることだ」

「詐欺(さぎ)じゃないですか」

そういえば〝隠れ岬〟でも、茅島はそんなようなことを言って『遺書』を受け取ろうとしていた。無知な野乃子を騙(だま)すつもりだったのだ。

じっとり睨(にら)んでいると彼はぼさぼさ髪をかいてため息をついた。

「最悪中身さえ暗記してくれればいいよ。文字が読めるならそれができるだろ？」

どうやら彼の目的はそこにあるらしい。収集しているのは『妖怪の遺書』ではなく、そこに書かれている中身ということだろうか。

「……そもそも、どうしてそんなの欲しいんですか？　自分宛(あ)てでもないのに」

ずっと気になっていたことを尋ねると、茅島の目が段違いにきらめいた。

「君、この店にあるものの共通の価値が分かる？」

野乃子はあたりを見回した。

つやつやした土色の壺。昭和っぽいマスコット。薄ピンク色のダイヤル式公衆電話……。商品には統一性がなく共通点らしきものもない。

野乃子が首を振ると、ふむ、と唸った茅島は椅子を傾けて背後の棚に手を伸ばす。

直後、ことんとテーブルに置かれたものを、野乃子ははじめ掘り出されたばかりの木の根だと思った。根の先にある白っぽいものが爪の形をしていると気付くまでは。

「正解は、執着」

それは薄汚れた布を固く握り締める、干からびた手首から先だった。

野乃子は椅子から転げ落ちた。

「手首……!!　人間の手首!!」

「そう。これは日本史に名の刻まれることのなかったとある武将の手だ。年代的に言えば、ちょうど戦国の終わり頃かな」

「本物ですか!?」

「もちろん。触る？」

ぶんぶん頭を振る野乃子を一瞥し、茅島は恍惚とそれを眺めた。

「彼は戦で名を上げることこそできなかったが、内蔵助さながらの忠臣だった。敗戦の際に主君から何かを託され、それだけをもって西国まで落ち延びたらしい。しかしそこで運悪く追っ手に捕らわれ、打ち首となった。彼はその布切れを握ったまま息絶え、息絶えてなお、二度と放すことがなかったそうだ」

干からびた手が握りこんでいる布は端々の繊維が千切れ、無理やり引き出せば簡単に破けてしまいそうだ。一体どんなルートを辿(たど)ればこんなものが手に入るのか、疑問を通り越して恐怖でしかない。

「……な、何が書かれた布なんですか」

「さあ。僕も知りたいけど、無理やり指を開かせようとした盗掘者や学者たちは皆死んでる。だからまあ、いつかのお楽しみだな」

茅島は背後の棚に手首の箱を戻すと、そこに背を預け、水面を揺蕩(たゆた)うような心地よい声で呟いた。

「ここにある物はすべて、誰かの執着の成れ果てだ。僕は知りたいんだよ。人の一生よりはるかに長く生き、一時は世の畏(おそ)れを欲しいままにしてきた妖怪たちが、死の間際になっても果たせない願いが。叶えることのできなかった切望が。現世に魂を縛るほどの強い執着が一体何なのか――」

熱のこもる口調でそう語った茅島は、余韻(よいん)に浸るようにため息をつき、やがて清々(すがすが)

しく笑った。

「とはいえ、託されて面倒ごとを被るのなんて死んでもごめんなので、妖痕がしっかり人に移ったあとの『遺書』だけ拝借したいというわけ。ご清聴どうも」

「身勝手な人ですね！」

　野乃子は呆れた。

「じゃあ『遺書』を託されて私みたいに謎現象に困ってる人はどうするんですか」

「運が良ければどうにかなるんじゃない」

　心からどうでもよさそうである。

「そんなことより、どうする？　君が大人しく僕のもとで『遺書』集めだけするっていうなら、君の妖痕を消すために協力してもいい。ちなみに、妖痕が消えたあと君が約束を反故にして逃げたりしたら、困るのは君だから」

　野乃子はどきりとした。正直一瞬頭に過った考えである。

「……どういう意味ですか？」

「その笑顔と違い、君の目は『遺書』の妖痕とは無関係なんだ。それは君が白蛇の妖怪と結んだ何らかの約束のせいで得た副産物」

「つまり……？」

「ニコニコ笑顔が消えようと、君の目は妖怪を映すしこれから山ほど怖い思いをする」

その場に崩れ落ちそうになる野乃子に、さらに茅島は囁(ささや)いた。

「今後君が何かトラブルに巻き込まれた時、傍にいるのは無知な人間より多少知識があるやつのほうがいいと思うけどなぁ。ちなみに、今断ったら僕は今後一生君の手助けはしない。一生な。店に入ってきても雲隠れする」

「ひどい！　人の心はないんですか！」

野乃子は助けを求めてカウンターを見たが、茂野は黙って首を振るばかりだ。

「明日君が泣けるかどうかは僕の腕にかかってる。さあ決めろ。僕の条件をのむか、永遠にその薄(うす)ら笑いを浮かべて異形の者どもに怯(おび)えて暮らすか、二つに一つだ！」

ほとんど答えの決まりきった二択を掲(かか)げて高笑いする茅島を前に、野乃子は成すべなく頭を垂れた。

時刻はちょうど帰宅ラッシュの頃合いだ。普段は人気もまばらな城戸(きと)釜(がま)駅にも、ちらほら仕事帰りらしい人の姿がある。

茅島に続いて電車に乗り込んだ野乃子は沈んだ声で尋ねた。

「それで、行き先がどうしておばあちゃん家なんです？」

「もちろん君の笑顔を消し去るためさ」

茅島は座席に座るなり、野乃子に託された『妖怪の遺書』を開いた。

そこには黒々とした文字が、妙にかしこまった様子でしたためられている。


今から綴るのは、終生の、切願なのでございます。

つつもの神と呼ばれるものに生まれ落ち、これほどまでに己の不甲斐なさを呪う日がこようとは。思いもせぬことでございました。

ああ、くやしい。うらめしい。思い知らせてやりたい。

あの子の、あの忌々しきかんばせを、覆い隠して、二度と人の目にさらされぬ場所へ。

壊したい。隠したい。誰かどうか。あれを奪えるものがいるなら、奪って二度と笑えぬように。二度と笑えぬところに。

叶うならば、この尊き命の、吹き消えぬまえに。


改めてそれを読み返した野乃子は、はぁ、と深いため息をつく。

茅島から遺書の役割を聞いた今、胸を占めるのは暗澹とした気持ちばかりである。

「……笑顔を奪いたいだなんて、この妖怪はさぞかし私が嫌いなんでしょうね」

これまで人の役に立つことはあれど恨まれるようなことはしていない——と絶対的な自信があった野乃子には、このストレートな文面がかなりこたえた。たとえ相手が妖怪だったとしてもだ。

落胆する野乃子の横で、茅島が拍子抜けしたような顔をする。

「ここに書いてある〝あの子〟は君じゃないぞ」

「え⁉」

茅島はすらすらと説明をはじめた。

「『遺書』と妖痕は必ず繋がってるものだ。例えば妖怪の未練が不幸になれというものだった場合、託された者には良くないことばかり起こり、宇宙にいきたかったことが未練なら、託された者は空を見上げるたび謎の渇望感に苛まれることになる」

「なるほど！　そう考えたら、笑顔を奪ってほしいという願いなのに、私がずっと笑ってるのは不自然ですね」

野乃子はほっとしたが、次の瞬間再び奈落へ突き落とされた。

「そうだろ？　だからつまり、君が笑ってることで不幸になる誰かがいて、そいつがここに書かれた〝あの子〟だってわけ」

「……それはそれですごくショックなんですけど」

「むしろラッキーじゃないか。君の妖痕を消すためには〝あの子〟を不幸にしなきゃいけないんだぞ。ニコニコしてるだけで相手を不快にさせられるなんて才能だ」

ラッキーラッキー、と、相変わらず人の心を持たない茅島が言う。

無駄にひょろ長い足を組み直した彼は、野乃子の前で遺書を叩いた。

「これを書いたのは、付喪神という物憑きの妖怪だ」

「つくもがみ？」

「長く使われたものや思い入れの深いものに宿る――。さっき聞いた君の母親の旧姓、爽霧っていったけど、たしか日本でも有数の旧家だろ」

「え⁉」

初耳だと言わんばかりの野乃子の反応に、茅島は首を傾げる。

野乃子は気まずそうに口を開いた。

「実は私、母の実家のこと、あんまり詳しく知らないんです。祖母に会ったのもお通夜の時が初めてで……」

母と父はどうやら駆け落ち同然で家を出たらしい。そのため、実家との関係は円満ではなかったようだ。野乃子が祖母について知っているのはそれだけだった。

茅島はふうん、と薄い反応を返したっきり話を深掘りすることはなかったが、それでも彼の中の〝あの子〟の候補に、親族が挙がったのは間違いないだろう。

野乃子は話を変えるように『遺書』の見慣れぬ文字を指さした。

「この、つ、つ、もっていうのは？」

「付喪神の古い呼び名だよ。現代では「喪」が「付く」と書くのが一般的だが、「次」に「百」と書くこともあれば、「九十九」と書くこともある。どれも、長く使われた道具は百年経つと命が宿るって俗信に由来してる」

「百年神じゃだめなんですか？」

「君も自分の持ち物が急に動き出したら嫌だろ。だから昔はどんな大切なものでも、九十九年で捨てるようにしてたんだ」

どうやら茅島に持ち得ない答えはないらしい。

すっかり感心してしまった野乃子の横で、彼は手早く『遺書』を折りたたんだ。

「君の顔から笑顔が取れなくなった日、鞄の底で、母親から貰った鏡が割れてたって言ってたね」

「……まさかあの鏡に妖怪が宿ってたって言うんですか？」

自分で言って、野乃子は思わず噴き出した。

「ないない、ありえないです！ だって本当によくある鏡なんですよ？ 特別古くもないし、百均で売ってるようなシンプルなの。そんなのに神様が宿るなんて……」

「別に僕も絶対そうだと思ってるわけじゃない。ただ、確率は高いところから潰していくに限るだろ」

理にかなったことを言われればなるほどと納得するほかない。

電車は目的の駅に近付き、徐々に速度を緩めている。

「歴史深い旧家なら、妖怪の一匹や二匹棲みついてるはずだ。そいつらを締め上げて聞き出そう」

「もっと穏やかなやり方はないんですか？」

野乃子が尋ねると、茅島は呆れた顔をした。

「まだそんな甘いこと言ってるのか？ 妖怪は犬猫じゃないんだ。油断して指の一、二本食われても知らないからな」

絶句する野乃子を置いてさっさと下車する茅島を、慌てて野乃子も追いかけた。

「茅島さん！ 妖怪って噛むんですか？ 私外で待っててていいですか？ ……ねえ！ 茅島さんったら！」

駅を出て高級住宅街を十分ほど歩くと、竹林の先に黒々とした門が現れる。

二人を迎えたのは屋敷（やしき）の家政婦である宮木（みやぎ）だった。

「四十九日ぶりですねえ、野乃子さん。お電話いただいて驚きましたよ」

彼女は横に一メートルほどもありそうな巨体を揺らし、石畳の上を跳ねるように玄関へ案内する。

「ところで、そちらがバイト先の店長さん？」

じろじろ自分に向けられる無遠慮（ぶえんりょ）な視線を茅島はまるで気にしていないらしい。

「骨董品屋さんなんですってねえ？　まあ、随分とお若いのねえ。まだ学生さんなんじゃない？　失礼ですがおいくつ？」

立て続けにされる質問に何一つ答えず、茅島は案内された玄関の中をぐるりと見回した。そして、妙だな、と呟く。

「綺麗（きれい）すぎる」

茅島の発言に、宮木は丸い鼻を誇らしげに持ち上げた。

「それはそうでしょうとも！　私が毎日隅から隅まで磨き上げておりますからねえ！もしかしてあなた、今日はうちのものを何か査定に？」

また無視。

野乃子は背中に変な汗を滲(にじ)ませながら、慌てて茅島の代わりに答えた。

「実は聞きたいことがあって来たんです。お母さんが持っていた鏡について」

野乃子がそう言うなり、宮木の顔色が変わった。耳の裏にできた吹き出物に偶然触れてしまったような顔だった。

「ああ……。澪(みお)さんの。さて、どの鏡でしょうね」

「どの？」

「まあ、おあがりなさいまし。今ご案内いたしますから」

丁寧にワックスがけされた長い廊下を、茅島と野乃子は宮木の後に続いて歩いた。

爽霧家の屋敷は平屋で、整備された中庭を囲むように廊下があり、廊下に沿って部屋が並んでいる。

「澪さんですけどね」

秘めごとを共有するような囁き声で宮木が言う。

「あの人はねぇ、暇さえあれば鏡ばっかり見ていましたよ。まあ、あれほど綺麗なお顔立ちじゃあ分からなくもありませんがね。若いころの奥様に瓜二(うりふた)つでねぇ」

宮木は廊下の突き当たりで足を止めた。

「ああ、こちら。中央にいらっしゃるのが奥様です。四年前のお写真ですね」

そこには巨大なガラスの棚があり、立派な額縁に入った写真と古い家系図が吊るされている。どちらも上部からオレンジ色のライトで仰々しく照らし出されていた。

「立派でしょう？　ああ、この家系図だけは頼まれてもお譲りできませんよ。爽霧家の、まさしく血の歴史でございますからねぇ」

宮木はそう言うと音のない声で笑った。

写真の中央では凛(りん)とした居ずまいの祖母が腰かけ、その周りには親族がずらりと並んでいる。母の姿はない。枝分かれした家系図にも、きっと名前はないのだろう。

廊下を曲がると今度は洋室の扉がいくつか並んでいた。

「あの一番奥が、澪さんの使ってたお部屋ですよ」

部屋に入るなり、野乃子はその異様さに声を漏らしそうになった。

何もない室内。しかし壁には四面にわたり、大小さまざまな鏡がびっちり——ざっと数百はあるだろうか。白い壁の隙間を埋めるように敷き詰められていた。

「こんなこと言うのはアレですけど、あの人は病気ですよ、病気」

宮木は声を潜める。

「よっぽど奥様似の自分の顔がお好きだったんでしょう。昔から家の集まりで人と会うたび似てる似てると言われるもんですから……。澪さんが子供のころ、私もあの子にはよく聞かれたもんです。人は成長すると顔が変わるって本当かって」

「顔が……？」

「お顔なんてそうそう変わるもんじゃありませんのにねぇ」

遠くで電話の鳴る音がし、宮木は即座に会話を打ち切った。

「この部屋はほとんど手を付けていませんから、探し物があるならここでしょう。あと一時間ほどしたら皆さまお戻りになられますから、それまでにはお帰りになってくださいましね」

最後に野乃子を憐(あわ)れむように一瞥し、部屋を出て行く宮木。部屋に落ちた沈黙を、野乃子はすぐに取(と)り繕(つくろ)った。

「やっぱり歓迎はされてなかったみたいです。気まずくさせちゃいましたね」

鼻先が触れそうな距離で鏡を観察していた茅島が、怪訝そうな顔を上げる。

「僕が人生で気まずい思いをしたのは、埋蔵金採掘の現場から白骨死体を掘り当てちゃった時だけだ」

状況はよく分からないが、それはもう大騒動だったに違いない。

茅島は「そんなことより」とすぐに話を戻した。

「君の母親には鏡を集める趣味があったのか？」

野乃子は生前の母の姿を思い浮かべ、いいえ、と首を振る。

「むしろ、こだわりとか、物欲とか、そういうのには無縁の人だった気がします。趣味と呼べる趣味もなかったし、淡白というか、感情の起伏が少ないというか……」

それでも野乃子は、そんな母をいつも追いかけていた。

口数少なく、常に微睡んだように相槌ばかり打っていた母は、休日にリビングでぼんやりしている時も、誰もが振り返るような華やかな姿で夜を闊歩している時も、切り取られた一枚の絵画のように美しい人だったから。

野乃子は気付けば母の横顔を盗み見ていたのだ。

まるで、触れてはいけないガラスの花を前にしているようで。

「この家は、ずっと気持ちが悪い」

鏡の壁の前に立った茅島が、ため息を溢すように言う。

「骨董品屋なんかをやってると、だんだん人の手垢が見えるようになってくる」

「手垢、ですか？」

「指紋だの話じゃないぞ。財布なら色の褪せ方で、靴なら踵の擦り減り方で、持ち主がどんな人間なのか大体分かる。そういうクセみたいなのは家そのものにもあって、柱や壁や、家具の配置や間取りに、生きた人間の痕跡（こんせき）は残るんだ」

「……それのどこが気持ち悪いんですか？」

「無いんだよ」

茅島が言うと、理解より先に野乃子の身体はぞくりと震えた。

「この家には思想もこだわりも、不満も喜びも、生きた人間の気配が一つも無い。まるで棺桶（かんおけ）だ。そのくせ、あの家族写真と家系図にだけは異常なまでに執着してる」

立ちすくむ野乃子に、——な。気持ち悪いだろ。と茅島は皮肉めいて笑った。

「帰ろう。とんだ無駄足（むだあし）になった。こういう場所に妖怪は出ない」

「か、茅島さん！」

部屋を出て行こうとする茅島を咄嗟（とっさ）に呼び止める。

「でも、この部屋には、ありますよね」

野乃子は自分がどんどん青ざめていくのが分かった。

「だって、こんなにたくさん鏡があるのに、これが全部大切なものじゃないなら……お母さんは、この部屋で、一体何をしてたっていうんですか」

そんなこと茅島が知るはずもないのに、野乃子は尋ねるのを止められなかった。

この部屋に野乃子の知る母の気配は一つもない。うすら寒さすら感じるほどの量の鏡が、記憶の中を生きる清廉な母の姿をぐにゃぐにゃに醜く歪めていく。

(違う。お母さんは、綺麗で、いつも凛としてて、気高くて、それで……なのに……)

　青ざめたまま石のように立ち尽くす野乃子の腕が、ゆるく引かれた。

「帰ろう」

　茅島の声は穏やかだ。

「君の母親について語るには、僕はまだ無知だ。次のアテに案内してくれ」

　それでも動かない野乃子の手を引いて茅島は部屋を出る。

　廊下を曲がる際に、ガラス棚を磨く宮木とすれ違ったが二人とも声はかけなかった。瞬き一つせず無心に棚を磨く給仕の姿は、やはり異様であったからだ。

　屋敷を出ると夏の夜の蒸し暑い外気に迎えられる。

　駅までの夜道を歩くうちに、少しずつ身体に熱が戻ってきた。

「……そろそろいいかな」

　ぽつりと言われ、首を傾げた野乃子が茅島の視線の先を辿ると、繋いだままの右手が目に入る。にぎにぎと熱を奪うように揉んでいるのは、しかも野乃子ではないか。

「わああっ！」

「……失礼だな。人の体温奪っといて」

野乃子はかっかと火照(ほて)る顔を俯(うつむ)かせながら、蚊の鳴くような声で謝った。

いつこうなったのか、まったく記憶にない。

茅島はさして気にしたふうもなく続ける。

「次だけど、君の母親をよく知る人物に会いたい。付き合いは長ければ長いだけ良いな。まあ順当に行けば父親だけど、もう帰ってる？」

野乃子は一瞬逡巡(しゅんじゅん)し、ぱんと手を打った。

「お父さんより、お母さんにもっとずっと詳しい人がいます」

「場所は？」

「城戸釜町」

近いな、となぜか嫌そうな茅島が、視線だけ野乃子に向けて言った。

「君せめて私服に着替えてきてくれない？　もう夜だし。夜に制服の女学生と歩いてるのは外聞(がいぶん)が悪すぎる」

「……茅島さん、外聞とか気にするんですね」

「気にするっていうか、僕は警察と相性悪いんだ。昼に町を歩いてるだけで十中八九声をかけられるんだから」

なんと茅島が出しやすいところに身分証明書を常備しているのには、そんな悲しい理由があったのだ。

しかし今から帰宅すると間違いなくかなりの時間をくってしまう。

せめてもの措置として距離を空けて歩いたが、茅島はやっぱり駅前でお巡りさんに止められていた。

「『硝子の王国』？」

一時間後。二人が訪れたのは大通り沿いにある雑貨店だ。店名を読み上げた茅島は自分の口から出た愛らしい言葉に顔をしかめている。

青い木製のドアにはまだOPENのプレートがかかっている。

「すごいんですよ、このお店の雑貨は全部ガラス製のハンドメイドで、よくテレビでも紹介されてて大人気なんです！　特にほら、そこのフェアリーシリーズ！」

野乃子の指さす先には花壇があり、花の根元に小さなガラスの妖精が座っている。

その精巧さは（もちろん本物は見たことはないが）本物さながらで、野乃子は新しい子が出るたびにうっとり見入ってしまうのだ。その横で、茅島が唾棄する。

「西洋の妖怪じゃないか。洒落臭(しゃらくさ)い。僕メルヘンって嫌いなんだよ。風邪ひいた時に見る悪夢みたいだろ」

野乃子がいまいち共感しかねていると、カランとドアベルが鳴り、中から女性客が数名、そして彼女たちより頭一つ背の高い女性が現れた。

「水鳥(みどり)ちゃん！」

「あら、野乃子。来てたの」

切れ長の目を細めたのは『硝子の王国』の店主であり、ガラス工芸作家として活躍する宇都木(うつぎ)水鳥――。野乃子の母・澪の中学時代からの親友であった。

「またいつでもどうぞ」

美麗な笑みで見送られた女性たちはキャーキャー言いながら野乃子の脇を通り抜けていく。細身で背が高く、声まで中性的な水鳥はいつ見ても宝塚の男役のようだ。

「水鳥ちゃん！　この間はお香典ありがとう」

「いいのよ」と微笑んだ水鳥の視線が、流れるように茅島に向かう。

「そんなことより、そこの野暮天(やぼてん)は誰？　あんたのツレ？」

氷のような微笑に、野乃子はさっと青ざめた。今更ながら思い出したが、水鳥は男が嫌いだ。先ほどの悪夢発言もしっかり聞き取られていたらしい。

「バイト先の骨董品屋さんの店長さん……」おずおず紹介すると、二人の舌戦は、まるで鳥が空に羽ばたくように自然と始まった。そういえば水鳥は骨董も嫌いだった。

「野乃子あんたそんな陰気臭い所で働いてるの？　辞めなさいよ。うちで雇ってあげるから」

「おっと。陰気臭いとは最高の誉め言葉だな。陰あるところに秘密が生まれるんだ。人はそういう神秘性に惹かれるんだよ」

「あら。私は美しいものにこそ神秘が宿ると思うけど？」

「綺麗なだけのものに価値なんかあるか？」

「馬鹿ね。触るのを躊躇うくらい美しくて繊細なものに人は惹かれるんじゃない」

「馬鹿はどっちだ。執着と手垢がこびり付いてやっと物は真価を得るんだろ」

「あ、なんか店が埃臭くなってきた気がする。帰ってくださる？　硝子が曇るし」

「言ったな、この光物好きのカラス女！」

「悪趣味骨董野郎！」

「ちょっと二人とも！　いい大人が会って数秒で喧嘩しないで!?」

こいつとは気が合わない、と綺麗に声が揃った。野乃子も同感だ。これ以上の会話が得策でないことを察し、野乃子はすみやかに本題へ移行した。

百箇日を明日に控えたこの状況下で、水鳥がそれを知っていたのは、まさしく幸運だった。

「あの花柄の手鏡ね。知ってるわよ。澪が昔うちで作ったやつでしょ？」

「作った……!?」

水鳥は、ええと頷いた。

「確か中学の頃だったかな。まあ、お互いデザイン考えただけで実際にルーターで彫り込みしたのはうちの父だけど」

「それは何か特別な記念日に？」

急に話に割り込んできた茅島に、水鳥は怪訝そうな顔を向ける。

「別に……なんでもない普通の日よ。お揃いで雑貨持つのとかよく流行ったでしょ？」

「鏡は高価な品か？　例えばどっかからの出土品とか」

「どこにお揃いの出土品持ち歩く中学生がいんのよ。百均よ百均」

「……じゃあ遺作か。ご店主は陶芸の人間国宝だったんだな」

「勝手に殺すな！　普通のガラス屋だしまだバリバリの現役よ！」

何なのこの失礼な奴！　といよいよキレそうな水鳥だったが、ドアベルが来客を知らせたことで慌てて美麗な営業スマイルを取り戻した。後ろ手にしっしと追い払われ、二人は店の隅へ移動する。

野乃子は地球外の生命体を見るかのような、信じられない心境で尋ねた。

「茅島さんって、命が惜しくないんですか？　あの水鳥ちゃんにあんな聞き方」

「そんなことより、まずいぞ。八方塞がりだ」

茅島は深刻な口調で言う。

「付喪神は通常何代かの時をかけて生まれる。君の母親や親族が違うなら、おそらくその前に持ち主がいたはずだと思ってたのに……」

たしかに、人から譲られた鏡をさらに野乃子に渡したのであれば、そこにはそれなりに理由がありそうだ。事実茅島はそういう逸話を求めて親しい人物を探していたのだろうが、どうやらこちらも見当違いだったらしい。

「……お安い御用だって言ったくせに」

野乃子がぼそりと溢すと、仕方ないだろ、と茅島も下唇を突き出した。

「普段は妖痕を消すなんて面倒なことやんないんだ。勝手なんか知らないよ」

開き直っている。野乃子はため息をついた。

本当にこの人協力してくれるんだろうかと、野乃子はだんだん不安になってきた。

「ところで、さっき花柄がどうとか言ってたけど、鏡には何か細工が？」

「え？　ああ、はい。鏡のふちに、たんぽぽが」

「……貰ったのは誕生日？」

「いいえ」これだけははっきり否と言えた。

「十一歳の誕生日の、二週間くらい前でした。どうせならあとちょっと待って誕生日にくれたらいいのにってすごく残念だったから覚えてます」

母はイベントごとに無関心な人だった。そのくせ何でもない日に花を買ってきたり、ちょっといいレストランに行きたがったりしたので、父とはよく首を傾げたものだ。

茅島は何か言いたげに野乃子を見たが、結局黙り、話を戻した。

「君は大事な鏡に付喪神がついてたなんて思いたくないだろうけどね、僕にはそうとしか思えないんだよ」

「鏡が割れた日に笑顔が取れなくなったからですか？」

「それだけじゃない」

茅島は言うと、店の隅に置かれた姿見(すがたみ)の前に立った。ガラスの花や蔦(つた)が巻き付いた美しい姿見の中に、茅島と野乃子が並んで立っている。

「有史以前より、鏡は宝具や神具として扱われ、時に権力の象徴とすらされてきた。

でも僕は常々、鏡の本質的な役割は、その逆にあると思ってる」

「逆？」

「呪物さ。人を呪い、心を壊す」

のろう。こわす。野乃子の心臓を冷たい何かが通り抜けていった気がした。

「目、鼻、皮膚、耳、舌と、人間が外界と接するための主たる五官があるだろ。その中でも、目は特に高い呪力を孕んでる」

「目が……？」

「例えば、悪意をもって睨むだけで人を呪える〝邪視〟は世界中の民間伝承で語られるが、その災いを跳ねのけるために使われるのもやっぱり目だ。日本では籠目模様が魔除けとして使われるし、他の国なら、トルコのナザールボンジュウとか有名かな」

ガラスの青い目玉のやつ、と茅島が二本指で丸をつくった。

「遠い昔、誰かが水の張った瓶を覗き込んでからずっと、僕らは呪われてる」

茅島の声は、不安の波を引き連れて野乃子の耳朶を揺らした。

「他人の視界なんかを得たせいだ。そのせいで鏡には数多の情念が寄り集まって、そのうちに別の何かが生まれたりする。例えば、神や、妖怪なんかも」

「茅島さんなら」その問いかけは野乃子の口をついて出てきた。

「茅島さんなら、どうやって鏡を付喪神にしますか」

心臓が叩きつけるように胸を打つのは答えなんか聞きたくないからだ。

それでも茅島は、今日一日ずっとそうであったように、野乃子の抱いた疑問には必ず答えを与えてくれる。

「人間が最も長く維持しやすいのは負の感情であるらしい。だから僕なら、毎朝毎晩ただ使う。とびきりの嫌悪と、怒りや怨みを込めて……」

茅島がぴたりと言葉を切ったのは、野乃子が泣いていたからだ。

否、実際には笑っていた。頬も濡れてはいなかった。しかし茅島は、どうして彼女の目から涙が零れていないのか不思議だった。

「ごめんなさい、茅島さん」

何に気付いたのだろうか。野乃子の声は、もう誰にもさざめかせることのできない水面のように凪いでいた。

「もう探さなくていいです。見つけたって、〝あの子〟はどうせ、笑えないから」

客を送り出した水鳥は、店の隅で不気味な仁王像のように突っ立っている茅島を見て「うわっ」と声を上げた。

「……何よ。野乃子はさっき帰ったでしょ。あんた、何でまだいんの？」

「檜村澪について教えてほしい」

ほとんど唇を動かさず尋ねる茅島に、水鳥ははっきりと嫌悪を示した。

「……あんた、野乃子のバイト先の店長っていったっけ。それがこんな夜まであの子のこと連れ回して、母親のこと知りたがるなんて、色々普通じゃないわよね」

茅島は答えない。

「帰って」

水鳥は扉を開け、言い放った。

「あんたが誰で、何企んでるのか知らないけど、野乃子を巻き込むのはやめて。あの子に懸想してるならもっとやめて。あたしとあの子は家族同然よ」

野乃子が迷い犬の飼い主を探して隣町まで歩いて行った時も、貰ったお年玉を全て募金箱に詰め込んだ時も、迷子を交番に届けて受験に間に合わなかった時も、雷を落としたのは澪ではなく水鳥だった。

「野乃子は今、たった一人の母親を失ってどうしようもなく孤独なの。あんたみたいな得体の知れない奴の付け入る隙だってあるかもしれない。でも、そんなこと私が許さない」

常人であれば尻込みしてしまいそうな水鳥の威圧にも、茅島は動じない。

それどころか、茅島が浮かべたのは人の不安を煽るような仄暗い笑みだった。

「君、もしかして親友が死んで嬉しいのか？」

息をのんだ水鳥が、氷水を頭からかけられたようにみるみる青ざめていく。

茅島は店内を見回してくすくす笑った。

「この店は美しく飾ってるが、ちゃんと色々潜んでる。きっと君がとても人間臭いからだろうな」

「……何の、話」

「君の執着の話さ。あの子も君に親しげに接していたが、開口一番に香典の礼を告げる程度には君にまだ遠慮がある。しかし君のほうはさながら肉親の口ぶりだ――。僕にはまるで、虎視眈々と母親の座でも狙ってるように見えるけど」

水鳥の目が激しく揺らぐ。

「君くらいの妙齢な女性は子供を欲しがるって聞くし、くわえて男嫌いなら、なるほどあの子はたしかにちょうどい――」

高い音を立てて茅島の頰が打たれた。次の瞬間には、勢いよく胸倉が摑まれる。

「馬鹿にッ、すんじゃないわよ!!」

水鳥は今や全身真っ赤になって怒りに震えていた。

「アンタに何が分かるっての⁉ 私と澪と野乃子の何一つ知らないくせにッ、憶測で私たちを語るなんて許さない‼」

わなわな震える水鳥をしばらく見つめていた茅島が、ふと、その視線を落とした。

「分かるさ。あの子の実直さは、たぶん君譲りだ」

予想外なほど静かな声に水鳥は「……は？」と拍子抜けしてしまう。

数秒間の沈黙のあと、今のは僕が悪かった、と囁くように言った茅島は、どこか苛立ちの滲む口調で続ける。

「あいにくこういうやり方しか知らないんだよ。秘密も本音も、打ち明けられるものじゃなく、つついて無理に溢させて、勝手に暴くものだったから」

でも、野乃子は、そうではなかった。

出会った瞬間から、茅島は少女が自分の対極に立つ人間であると知っていたのだ。

「彼女みたいな人間は、他人の痛みに簡単に手を伸ばせるような奴は……大体いつも散々な目にあう」茅島は言い切り、続けた。「それでも、たいがい、身に余るほど多くの奴に愛される」

だから茅島は納得できなかったのだ。

野乃子が、この世のどこにも身の置き場がないような顔をしていることが。

初めは、白蛇の妖怪に飛び掛かっていった時だった。

あの異形とためらいなく小指を結んだ瞬間、彼女は、ほつれるように笑った。あれは安堵(あんど)の笑みだった。まるで戦場を生きる兵士が、今日も無事に永(なが)らえたと、布団の中で気を緩めた時のような。

「何があの子をあれほど必死にさせるのか、僕は、その理由が知りたいだけだ」

沈黙の中で、水鳥は迷っていた。

人を選ばず気軽にする話ではない。しかし、さっきまでは不審の象徴のように思えていた男の思いがけない真っすぐさに、心を動かされていたのも事実だった。

「私はあなたを愛さない」

摑んでいた茅島の胸元をゆっくり放す。音にしてみるとなんと残酷な響きだろう。

これを水鳥は、まだ幼かった野乃子と聞いた。

「あの子が必死で善良に努めるのは他の誰かのためじゃない。たった一人——澪に、あの子の母親に、愛されるためだけだったの」

語りながらいつしか脳裏に思い描いていた。

色褪せることのない、美しい友人との青春時代を。

爽霧澪を表す言葉として、まず可憐がある。

しかしそこに純情は同居しなかった。

彼女はまさしく勝手気ままで、擦れてもいれば誰にも懐かず、そのくせ誰からも愛されるような、毛並みのいい野良猫のような奴だった。加えて家柄もよく、したがって、敵も多かった。

「僻んだり陰口を言ったりするのは、それだけ他人に興味があるってことでしょ。私は特に誰にも興味ないから、少し羨ましい」

水浸しになった教科書をベランダではためかせ、澪はそう言った。それも途中で飽きたのか、水浸しの鞄ごとベランダに立てかけ、思い立ったように水鳥を見る。

「今日は隣町まで行ってみない？　海沿いの道路を歩けば、夜には着くでしょう」

中学時代には既に〝美しいものこそ至高〟の精神が根付いていた水鳥は、綺麗な澪に自然と惹かれた。彼女といると、孤立が孤高に変わるのも心地よかった。

それも、高校二年の夏までの話である。

澪は何も告げず水鳥の前から姿を消した。

失踪ではなかったものの、それが家の本意とするところではなかったことは、尋ねた先の爽霧家の反応を見れば明らかで、良好とは言い難い家庭環境から逃れるべく彼女も必死だったのだ、と、水鳥は己に言い聞かせることで一言もなく消えた親友を許すことにした。もう二度と会えない覚悟もした。

「久しぶり」

だからその数年後、父の店を継いだ自分の前にひょっこり澪が現れた時には、本気で張り倒してやろうかと思ったものだ。

「今さっき実家と縁切ってきたとこなの。今日からこの町で暮らすから。あと、この人旦那ね。ひのむらこうへい」

なんとも言えず冴えない男だ。澪と並ぶとそのへんの雑草のようだった。

縁切ったくせに何でこんな近場に住むんだとか、今までどこにいたんだとか、尋ねたいことはいくらでもあったのに、水鳥は何一つ聞けなかった。

澪の膨らんだ腹部から目が離せなくなっていたからだ。

「それで、野乃子産んですぐ澪は夜の仕事始めて、家事と子守は康平がやるようになった。こいつが優しい旦那でね。とにかく二人に尽くして、溺愛してたわ」

おもむろに腰を上げた水鳥は、カウンターの奥から分厚い手帳を持ち出してきた。

「野乃子も昔は結構おてんばでさ、悪戯もよくしてたんだけど、ある時学校帰りに真っ青な顔でここに来てね……。小学生くらいの時かな」

手帳に挟んであったのは四つ折りの画用紙だ。

そこには子供のつたない画力で家族の絵が描かれている。母と娘の間には不自然な空間が空いていた。

「皆の絵を見て気付いちゃったみたい。自分が母親に撫でられたことも、抱きしめられたことも、手を繋がれたこともなかったって……。それで野乃子、迎えに来た澪に聞いたの。『ママはどうして野乃子を撫でないの？』って、そしたら……」

（……私はあなたを愛さない、か）

取り繕うように水鳥は言葉を重ねた。

「澪の家って、そりゃもうすごい厳しいとこだったのよ。門限破って折檻なんて日常茶飯事で、だから、あの子は誰かに縛られるのが心底嫌いだった……。野乃子は一つも悪くないわ。でも、澪が野乃子を愛さないとしたら、私にはそれ以外に理由が思いつかない」

自分の自由を奪った娘を、爽霧澪は憎んでいた。

茅島は顎に手を当てて考える。

仮に、彼女が娘を憎む気持ちが、あの鏡に付喪神を宿したとする。鬱屈した感情から生まれた神は、誰をどう恨んでもおかしくない。『遺書』に記された〝あの子〟が母親なら死人から笑顔を奪うこともできない。野乃子の最後の言葉にも納得がいく。

――でも、何かが腑に落ちない。

本当に、たった一人のごく普通の人間が、物に神を宿すほど娘を恨み続けたりできるだろうか。それに、あのたんぽぽは……。

少女の絵に視線を落とした茅島は、ある違和感に気付いて顔を近づけた。

「この絵、母親だけ笑ってないな」

絵を覗き込んだ水鳥が、ああ、ほんとね、と特別驚いたふうもなく告げた。

「見慣れてたから全然違和感なかったわ」

「見慣れる？」

「ええ。澪って、中学の頃から大体こんな仏頂面だったのよ。かわりに野乃子は、その反動かしらってくらいよく笑う子だったけど」

口角を不自然なほど吊り上げた少女の笑顔に、茅島はようやく違和感の答えを見つけた。付喪神の未練と〝あの子〟の正体にまで思い至ると、深いため息を吐く。

（こういうの、専門外なんだけどな）

「お邪魔しました」

翌日。百箇日の法要を終えた野乃子は昼過ぎごろ爽霧邸を後にした。

気分はこれまでになく晴れやかだ。

郵便局の裏手にひっそりある登山道を二十分ほど登り、海側に道を逸れると、長靴の先のように突き出した岬に辿り着く。立ち入り禁止の唐草山の、誰も知らない〝隠れ岬〟。野乃子がそう名付けた。誰にも見つかりたくなかったから。

しかし、ここはもうとっくに野乃子だけの秘密の場所ではなくなっていたようだ。

「……茅島さん」

木陰に身を隠して座り込んでいた茅島が海を見たまま片手を上げる。

「百箇日はどうだった」

「……滞りなく終わりました。やっぱり、長く続いた家だからか、法事も法要もきちんとやるんですね。次は一周忌ですって」

へえ、と。尋ねたくせに彼に興味はなさそうだ。

今日はどうしたんですか？　私に何か用ですか？　と、それから何を尋ねても茅島の返事は曖昧で要領を得ず、そのうちに野乃子は、彼がどうしてここにいるのか、なんとなく察しがつき始めてしまった。

「……茅島さん」

茅島と出会ったのは、信じられないことに、まだ昨日の話だったが、それにしたってずいぶん密な時間を過ごしたものだ。野乃子はもともと人を観察するのが得意だったので、彼と行動を共にした半日は彼を知るには十分すぎた。

野乃子に呼ばれ、茅島が視線をそちらに向けると、少女の悪戯な顔とかちあった。

「茅島さんって、意外と優しいんですね」

そうだ。野乃子は実はとっくに気付いていた。

言葉の端々に嫌味や皮肉をまとわせて遠慮なく心を突きさすくせに、野乃子の知らない異界を語り不安を煽って驚かすくせに、茅島は、野乃子が母の素性を知らないと言った時も、宮木に邪魔者扱いされた時も、下手くそな見て見ぬふりをしてくれた。

抉られたくない傷は、労らないかわりに触らないでくれた。

野乃子の冷たい手のひらが体温を奪うのを黙って許してくれた。

そんな偏屈で不器用な店主が、この真夏日の日差しの中でじっと野乃子を待っていたのだから、その理由はもう決まってる。

「茅島さん、私が今日、ここで死のうとしてるって気付いちゃったんですね」


野乃子の日課は、一日の始めと終わりに鏡を覗き込むことだった。

そこには親切で道徳的で優しくて明るい女の子がいる。にこやかに自分を見つめ返している。野乃子は、毎朝、毎晩、彼女に願った。

「今日こそお母さんが私を好きになってくれますように」

「明日こそお母さんが私を好きになってくれますように」


お母さんが、いつか私を好きになったら。

いつか私のことが大好きで、大切でたまらなくなったら、「私も愛してないよ」って言えますように。


「私も愛してない。私だって、あなたのことなんか愛さない――。そう言いたくて。私、いつしか、それが生きる目標になってたんです」

娘として母を想い続けるには、母との思い出はあまりに少なすぎた。

愛を乞い続けるには、あの日受けた傷跡はあまりに深かった。

「水鳥ちゃんは私に、お母さんのために頑張るなって言ってくれたけど、本当はとっくにそんなイイコじゃないんです。たぶん鏡に神様を宿しちゃったのも私。私と同じくらい、お母さんも傷つけばいいのにって、毎日毎日願ってたから。茅島さんもごめんなさい。本当は百箇日で泣きたいなんて嘘なんです。どうせ死ぬなら、あの人が見たこともない仏頂面で墓前に立ってやろうと思っただけ」

だって私、大忙しだったんですよ、と野乃子は疲れた声で、それでも晴れやかに言う。

「お母さんが死んですぐお父さんが出てっちゃって」

「待て、出て行った？　……君の父親は、君らを溺愛してたって聞いたけど」

野乃子は驚いた顔をしたが、水鳥からそれを聞いたと分かると納得したようだ。

「お母さんのお葬式は親族しか参列できなかったから、水鳥ちゃんは知らないんですよね。お父さんがいなくなったこと」と、何でもないように告げた。

「お父さんが好きなのは、蕩けそうなくらい溺愛してたのは、最初から最後までお母さんだけ。お父さんが守ってたのは、お母さんの世間体だけ……。まあでも、情は少しあったのかな。通帳だけは置いてってくれましたから」

野乃子はもう茅島の沈黙を待たなかった。

「それで、お母さんがいなくなったら、急に、もういいやって。頑張る理由がなくなっちゃったんです。今日まで生きてられたのは単に身辺整理が追い付かなくて……。だから茅島さんに私服に着替えて来いって言われた時は、どきっとしちゃいました。私の服、もうこれしか残してなかったから」

野乃子は話しながら、小さく首を傾げた。

茅島は決して寡黙ではない。しかしずいぶん長い間黙って聞いているから、野乃子のほうは、もう白状することがなくなってしまった。

最後に一番気にかかっていたことを尋ねる。

「……止めないんですか？」

尋ねると、「止めないさ」と当たり前のように返された。

「命は、人が思うほど尊くも重くもない。死にたいなら、好きにしたらいい」

「……じゃあ茅島さん、本当に私を見送りに？」

野乃子が驚いて聞くと、そこで初めて、茅島がにやりと悪戯めいて笑った。

「そう。君いわく、僕って意外と優しいんだ」

野乃子は小さく噴き出した。普通じゃない——でも茅島らしい。野乃子は、もう彼に倫理観を説こうとは思わない。自分が正しいとも思わなかった。

「檜村野乃子」

茅島は腰を上げると、崖の縁に立つ野乃子に近付いた。

「君の未練を聞かせてくれないか。君の魂をこの世に縛る、最後の本音。もしそれを僕に聞かせてくれるなら——約束しよう」

小指が差し出される。

「いつかは僕がそれを果たしてやる」

その夜色の瞳に覗き込まれて、野乃子は、どうして今までそれを恐ろしく感じたのか理解した。

「……来世、では」

茅島の目は人の秘密を暴く目だ。得体の知れない不安に駆られて、怖くてどうしようもなくて眠れない夜のように。

けれど同時に、それは野乃子の全てを覆い隠してくれる穏やかな暗闇だった。

この安心感に野乃子は怯えたのだ。

そこへ身を投じてしまえば、もう一人では立っていられないと分かっていたから。

(——でも、もういいんだ。もう頑張らなくてもいい)

小指を絡めると、野乃子の顔から笑顔が消えた。

「お母さんに」

代わりに、今までいくら流したくても頑なに溢れることを拒んでいたものが、洪水のように、頰を流れ落ちていく。

あの人を傷つけたい。

私が苦しんだのと同じくらい、苦しんでほしい。

私の痛みを分かってほしい。

後悔してほしい。

取り消してほしい。そしたら、もう一度私を産んで、来世では、

「――来世では、私、お母さんに愛されたい！」

こんなにも諦めきれなかった。恥ずかしい、みっともない。でも、野乃子は愛されたかった。たった一人のあの母親に、愛されたくてたまらなかった。

受け入れてしまえば、心は羽根のように軽くなった。

「茅島さん、ありがとう」

地を蹴って、魂も置き去りになりそうな浮遊感の中、野乃子は意識を手放した。

海面に打ち付けられる音も、身体中の骨がぐしゃぐしゃになる痛みも感じずに、最

後の最後は誰かに強く抱きしめられる夢さえ見たんだから、命の終わり際にしては、なるほど優等生。百点満点だ。

「ねんねんころりよ、おころりよ」

（……歌？）

瞼を開けると目に陽光が刺さる。それから、すぐそばに潮騒。空を背景に誰かが自分を覗き込んでいる――。野乃子だ。

夢でも見ている心地で、しばらくの間、野乃子は自分を見下ろす自分を見上げた。

彼女の右の耳には小さなたんぽぽの花が差し込まれている。

「……幽体離脱？」

「君は阿呆か？」

聞き慣れた声がする。

「残晶だよ。鏡の付喪神の『遺書』に込められた、魂の欠片さ」

声がしたほうを見ると、野乃子が横たわっている岩礁の上で茅島もまた仰向けに倒れていた。投げ出した足には波が打ち寄せている。

野乃子はふと、自分がもう笑っていないことに気が付いた。

「何で……？　未練、叶えてないのに」

「答えは彼女が教えてくれる」

茅島の声に応えるように、傍にいた付喪神が野乃子に向けて手を伸ばした。

摑めと目で訴えられているのが分かる。おずおずとそれを握ると、野乃子の身体は引力さながらの力で上へ引っ張り上げられた。

次の瞬間。〝わたし〟は部屋にいた。六畳半の部屋。畳の匂い。

〝わたし〟はあの手鏡だった。

「ねんねんころりよ、おころりよ」

母だ。おくるみに包まれた小さな赤ん坊の傍に転がって、歌っている。

「ねんねんころりよ、おころりよ」

そこしか知らないらしい。母はいつまでも繰り返し歌った。

いつまでも、おくるみの中の、野乃子を見つめていた。

別の日。明け方。玄関が音もなく開いて、疲れ切った母が帰ってきた。

化粧も落とさず服も着替えず、眠る野乃子の傍に座ってその寝顔を眺めている。

時計の短針が7を示す少し前に、腰を浮かして目覚まし時計を取り、背面のスイッチを切った。父を揺り起こし、母はふらふら風呂場に消える。

そういえば野乃子は、今まで一度もあの目覚ましの音を聞いたことがなかった。


別の日。母は泣きながら電話をかけていた。

布団の中には氷枕を抱えてぐったり横たわる小さな野乃子がいた。

そのうちに救急車の到着する音がして、家に駆けこんできた隊員たちに野乃子は連れていかれた。隊員たちの去った後もずっと、母は放心したように座り込んでいた。


別の日。

激しい音がして、〝わたし〟の上に誰かが倒れ込んだ。母だ。でも野乃子はいない。

母は中学校の制服を着ていた。若いころの母。頬が真っ赤に腫れ上がっている。

近くには祖母がいた。息をのむほど、その顔は母に似ていた。

「捨てなさい。花が欲しいなら生花を用意します」

祖母の足元には踏み潰されたのか、花弁が散らばってくしゃくしゃになったたんぽぽが落ちていた。

「……これがいいの。部屋に飾りたい」

「駄目よ。雑草なんて。そういう穢(けが)れたものを家に入れないでちょうだい」

母を見る祖母の目が不快そうに歪む。

「ああ、またそんな反抗的な目をして、あなたには心底がっかりするわね」

母に向かって祖母の手が振り下ろされた。幾度となく。祖母は繰り返す。

「いい。澪。まちがえないでちょうだいね」

祖母の愉悦交じりの冷たい声が、手のひらと一緒に何度も母に落とされる。

「お母さんは、あなたに立派な爽霧の人間になってほしいからぶつの」

「あなたが大切だからぶつの」

「愛してい、い、いるからぶつんだからね」

母は黙って痛みに耐え、拒むこともなく、祖母の手のひらを受け入れ続けた。

祖母が立ち去ると、放心したように壁に寄りかかっていた母が、転がっていた〝わたし〟を拾い上げて棚に戻す。

「愛してるから、ぶつ」

母は言った。心に刻むように。

「愛しているから、ぶつんなら――」

また別の日。真夜中。

泣き腫らした目で眠る野乃子の傍で、母は膝を抱えていた。透き通るような手の甲に赤いみみず腫れがある。愛さないと言われた日、泣いて暴れて、うっかり野乃子がつけてしまった傷だった。

「ののこ」

野乃子を起こさないように、母は優しい声で呼んだ。そのまま手を伸ばして頰に触れようとして、棚に立てかけられていた〝わたし〟と目が合うと、ひどく残念そうに腕を引く。〝わたし〟に映った母は、やっぱり、祖母に似ていたからだ。

かわりに摘まむようにして握ったのは、涙でじっとり濡れた野乃子の袖口だった。

それでも母は満足そうだった。

「ののこ」

これ以上なく幸せそうに、母は呼んだ。何度も、何度も。野乃子の名前を。

「あの鏡に付喪神を宿したのは、君と母親の、二人だったんだ」

野乃子はいつしか景色が海に戻っていることに気がついた。

「愛したいという母親の願いと、愛されたいという君の願いからそいつは生まれた。終生の切願は『紡ぐこと』だ。母子の想いを」

妖痕と『遺書』もちゃんと繋がってたぞ。と茅島は付け足す。

「母子の愛から生まれた付喪神が、親に愛されたくてどんどん作り笑いが上手くなる君を面白く思うはずがない。だから、笑ってほしいけど、笑ってほしくない。君の笑顔を奪いたいけど、奪いたくない。一見ちぐはぐに見えるけど、これが答えだ」

「……茅島さん」

「野乃子!!」

その時、張り裂けんばかりの呼び声が響いた。見ると、海岸から必死でこっちに向かってこようとする水鳥の姿がある。

彼女は高そうなパンツスーツを海水で膝上まで濡らし、片っぽの靴だけ手に持って、枯れかけのガサガサ声で野乃子を呼んだ。

「水鳥ちゃん……」

「君の携帯から電話しといた」

気だるげな声で茅島が言う。まだ僕は動けそうにないしね、と。

「野乃子!!　あんた、死のうとするなんてッ、バッ、バカ!!　このバカ!!」

水鳥は波に足を取られながら、涙でひっくり返った声で叫び続けている。

「あ、あたし、あたし聞いたのよ⁉　あんたが鏡のこと知りたがるから、昨日、お、お父さんに電話して、あの鏡のこと何か覚えてないかって……。そしたら、言われたの——私も思い出した！　あの鏡作った時、澪がなんて言ってたか！」

何を彫るかと尋ねられた澪は、少し考えて、たんぽぽ、と言ったのだ。

何でたんぽぽ？　と水鳥は尋ねた。澪にはもっと似合う花がある気がしたから。

澪は照れ臭そうに口を開いた。

「ほら、爽霧家って女が生まれたら、水にまつわる名前を付けるでしょ。穢れのない神聖な名前……馬鹿みたい。私は断然、たんぽぽとかつくしとか、そういうののほうが好きなのに」

澪は声に憧れを滲ませて言った。

「だってどこにでも咲けて、まっすぐ空に伸びていけるなんて、格好いいじゃない」

母の声が耳の奥に蘇り、一粒、また一粒、野乃子の目からは涙が落ちた。

「だからあんたは野乃子なの！　泡沫とは無縁の、地に根を張ってまっすぐ生きていけるような子供の名前！」

忘れててごめん、ごめんね野乃子。

必死にそう叫ぶ水鳥。野乃子は掠れた声を漏らした。

「……茅、島さん、どうしよう私、き、期待、しちゃいそう」

そんな野乃子をちらりと見た茅島は、苦虫を噛みつぶしたような顔で逡巡の末、やがて仕方なさそうに口を開いた。

「この国には、日齢という考え方がある」

「え……？」

「生まれた日から一日ずつカウントを刻むんだ。生誕1000日で2歳8か月と27日。2000日で5歳5か月と23日。3000日で8歳2か月と19日。4000日で、10、い、い、歳11か月と14日」

野乃子は膝から崩れそうになるのを必死で堪えた。たしか母からあの手鏡を貰ったのは、十一歳の誕生日の、ほんの少し前。

「期待していい」

滲む視界の向こう側で、茅島が優しく笑った。

「君はちゃんと愛されてた。一日単位で、その命を祝われるくらいにはね」

（──ああ、そうだ）

野乃子だって、気付いていたはずだ。だから諦められなかった。

母の視線に、自分を呼ぶ声に、たしかに愛が込められていたから。

息もできずに涙を流す野乃子は、隣を見た。

「ありが、とう」

にこにこと自分を見つめている付喪神の姿は、もうほとんど消えかかっている。

『遺書』には、誰かどうか、とあった。鏡の付喪神は、野乃子がもう間もなく命を捨ててしまうことを見抜いて、託したのだろう。誰かに。かわりに救ってほしいと。

そして野乃子は茅島に出会った。

「ありがとう！」

涙で滲む視界を晴らし、野乃子は心から感謝を込めて言った。

付喪神は野乃子の手に一度頬をすり寄せて微笑み、ふっと消えてしまう。野乃子は身をひるがえし、背後の茅島に飛びついた。茅島は岩礁に背中をぶつけて痛みに呻いたが、文句を言うのは、どうにかこらえたらしい。

「茅島さんって、嘘つきですね、命に価値なんかないって、言ったくせに」

「……ないさ、そんなの」

「じゃあ何で助けてくれたんですか」

ボロボロで水浸しの茅島を見れば彼が身体を張って助けてくれたのは一目瞭然だ。

野乃子の問いかけに、茅島は少し黙り込んだ後、ぼそぼそ声で答えた。

「君の目には、彗星級の価値がある。みすみす逃すなんて収集家（コレクター）の名折れだろ」

こじつけのような返答に、野乃子はぽかんとし、やがて噴き出した。

彼は、やっぱり天の邪鬼（あまのじゃく）だ。

「ちょっと茅島ァ!! あんたいつまでくっついてんのよ！ 早く離れなさいよ!!」

遠くから水鳥の声がする。

「ついでだから言うけど、あの海岸で喚（わめ）いてるカラス女ね。君の父親を探し出してぶっころすそうだよ。野蛮（やばん）だね」

「水鳥ちゃん……」

「あと、もし君さえ良ければ、一緒に住まないかってさ」

思いがけない言葉に、野乃子は返事を忘れて呆然とした。

「ずいぶん前から、いつ君が泊まりに来てもいいように部屋を用意してたらしい。でもいきなり距離を詰めて鬱陶しがられるのも嫌だし、ランチの誘い方も分からないし、とにかく、毎日手をこまねいてたそうだ」

「住みたい」野乃子は何度も頷きながら、その拍子にまたいくつか涙を溢した。そんなふうに自分を想ってくれる人がいたことに、気付かなかったのが不思議だった。

「私、水鳥ちゃんって、子供嫌いだと思ってました」

涙声で呟く。

「素直じゃない奴って疲れるよな」

鼻を鳴らす茅島を見て、水鳥ちゃんもきっと茅島さんには言われたくないですよ、と野乃子はそれだけ心で返した。

幕章(まくしょう) トンネル

城戸釜町。廃トンネルの傍にある奇妙な骨董品屋の引き戸が、からから音を立てて開く。店の横にはミスト生地のガラスに古時計のデザインが彫られた、真新しい店看板が置かれている。店主はミスマッチだと言ったが、夜になると店の明かりが透けて大層綺麗になるので、野乃子はとても気に入っていた。

「それで、土曜日だってのに何でまた制服なんだ？　もしかしてまた捨てた？」

「違います！　夏服を新調したから見せに来たんです。可愛(かわい)いでしょう？」

「どうでもいい。君さては僕が犯罪者扱いされるのを見て楽しんでるな」

「とてもお似合いですよ。野乃子さん」

「ありがとうございます、茂野さん！　では行ってきます」

店を出ると清涼な夏の風が吹き抜けた。

心地良さに目をすがめると、今度は後ろから風のかたまりに背を押される。

振り返ると、鉄柵の向こう側にぽっかりと巨穴が空いていた。

旧唐草山トンネルの入り口だ。

「茅島さんは、怖くないんですか？」

さっさと先を歩く茅島は「怖い？ 何が」と振り返りもせず答える。

「トンネルですよ。あの事故があってから、誰も近付かないじゃないですか」

——旧唐草山トンネル崩落事故。

それはかつて日本中を震撼させた大事故だった。

シンクホールという自然現象がある。これは、なんらかの原因で地下に空洞が発達し、表層が崩落して生じた巨大な陥没孔のことをいう。日本では鉱山跡地や採石場跡地などで起こりやすいといわれていたが、この唐草山はそのどちらでもなかった。

まさに原因不明。

専門家たちはこぞって首をひねったが、結局最後は山を構成する石灰岩が地下水の浸食を受けて溶かされ、人知れず空洞となったのだと結論付けた。唐草山を構成するほとんどが泥岩やれき岩であるというのにだ。

とにかく、十年前。足元が突然崩れて穴の中に真っ逆さま、なんていうまるで悪夢みたいな出来ごとが、この町では実際に起こった。トンネルの中腹は、その際運悪く走行していた何台かの車を巻き込んで、巨大シンクホールの中にごっそり飲み込まれてしまったらしい。

「しかもその穴、年々町に近付いてきてるって……。周辺の地盤が安定してないから詳しくは調べられないけど、調査のたび直径が少しずつ広がってるそうなんです。だから町の人たちは怖がって」

　ふはっ、と茅島が噴き出した。

　何かおかしなことを言ったろうかと首をひねる野乃子に、茅島は尋ねる。

「じゃあ聞くけど、人間の生活を脅かすかもしれないものが、どうして今も未だ放置されてると思う？」

　茅島の言葉は、水盆に落ちた雫のように野乃子の心の細部まで波立たせた。

　問いかけは続く。

「被害者の遺族は何で声を上げないんだろうな」

「……それは」

「そもそも、何故そこに出来たのかも分からない、深さも分からないものの直径だけが広がってると、君らはどうして信じられるんだ」

（……たしかに、なぜだろう）

茅島が言葉を重ねるたび、得体の知れない不安が足元に広がる。

彼は振り返り、夜色の瞳で野乃子を見た。

「目に見えるものや、耳に届くもの、すべてが真実だとは限らない――。少なくとも僕はここ数年、調査団の姿なんか一度も見てない」

「え……」

「水面下で噂(うわさ)が独り歩きしてる。人々は、長い時をかけて記憶に影を差し込まれていく。本当は穴なんか広がっちゃいない」

細長い指がついとトンネルを指し、そのまま真下へ針路を落とした。

「深くなってるだけだ」

背後でトンネルが呻き、振り返った野乃子は鼻腔の奥で深い土の匂いを嗅ぎ取った。

きっとあの中へ入ったら、もう二度と外へは出られない。

足が竦(すく)みそうになる野乃子を、店主は笑って先へ促した。

「さあ、次の執着を探しにいこうか」

逢魔(おうま)が時(どき)の国道に、二人の影が長く、伸びた。

第2章　猫又(ねこまた)

城戸釜(きとがま)町の北側、唐草山(からくさやま)の麓(ふもと)には人の立ち寄らない廃トンネルがある。ひぐらしの鳴く薄明(はくめい)の頃。肩にかけた鞄の持ち手をきつく握り、檜村野乃子はぽっかり空いたトンネルの入り口に立っていた。

内側から微(かす)かに吹く風には夏と土の匂いが混ざっている。

「野乃子さん、お帰りなさい」

波の音がする方へ顔を向けると、ガードレールの向こう側には箱を三つ重ねたような風変わりな店がある。店主、茅島が営む骨董品屋『ロマンス堂』だ。

「そろそろ夕食の支度ができますよ」

上品なワインレッドのシャツを着た老紳士に、野乃子は笑顔で駆け寄った。

「ただいま帰りました、茂野さん。私もお手伝いしますね」

今日はビーフシチューでしたっけ、と嬉しそうな野乃子に、茂野もまた口角を緩ませる。その一方で、瞳には微かな寂(さみ)しさも過った。

つい数か月前。

野乃子は母親を亡くし、父親にも見放されたことで自らの命を絶とうと試みた。
少女がそれを思いとどまれたのは、亡き母が野乃子へ向けていた不器用な愛の形を知ったためである――。そして何の因果か、それを導いたのは、彼女の持つ『妖怪の遺書』を欲した茅島だった。

「ところで茂野さん……、あの、茅島さんいますか？」

自分のスクールバックの中をちらちら気にしながら尋ねた野乃子に、茂野はいち早くロマンスの香りを悟り、取り澄まして答えた。

「二階で商品の査定中ですが、もう終わる頃です。呼んでまいりましょうか？」

「いえ、大丈夫です！　自分で行ってきます」

恥じらうように言って階段へ向かう野乃子を、茂野は微笑ましい思いで見送る。

彼女は、店主同様〝視える〟側の人間だ。

もしかすると二人はこの先ホームズ＆ワトソンのような名コンビで幾多の怪事件を解決していくのでは、と期待に胸躍らせていた茂野だが、はてさて、甘酸っぱい展開が待ち受けていたって、それはそれで素晴らしいではないか。

老人はひそかな楽しみにうきうきしたが、階段を上がっていく少女が鞄から取り出したのが、片目のほつれた黒髪の――どう見ても呪いの人形だったので、淡い期待は繕(つくろ)ったそばからほろほろ崩れて消えた。

間もなく、上階から野乃子の怒鳴り声が聞こえてくる。

「茅島さん！ 私の鞄に変なもの入れないでくださいって何回言ったら分かるんですか!! 次私で暇つぶししたら、あのテレカコレクション全部売っちゃいますからね！ ね！ 聞いてるんですか!? 茅島さん!!」

どうやら二人が足並みを揃えるのはもう少し先のことになりそうだ。

茂野は静かに瞑目(めいもく)し、気を取り直して晩餐(ばんさん)の準備に取り掛かった。

――野乃子さん。もしよければ今後は夕食だけでもご一緒しませんか？

あの一件の後、野乃子にそう提案したのは茂野だった。

彼女は今、亡き母の親友・宇都木水鳥と暮らしている。

「宇都木さんのお仕事はよく夜遅くまでかかると伺いましたし」

「……でも」

野乃子が困り顔で言葉を濁(にご)すのは予測済みだ。だから茂野はあらかじめ店主にそれを言い含めておいた。来客席にしかめっ面で腰かけていた茅島に、今ですよ、と微笑みの合図を送る。

茅島は渋々(しぶしぶ)、しぶっしぶ、口を開く。

「………アー、ボク今日食欲ないな。昨日も食べてないけど。昆布(こんぶ)でいっか」

茅島がそう言うなり、茂野は嘆(なげ)かわしい声で野乃子に懇願(こんがん)した。

茅島の普段の食生活がいかに酷いか。食卓を提供する見返りに、どうか彼も席につかせてくれないだろうかと。それを聞いた野乃子は、使命感に満ちた表情でハイ！と頷いた。茅島は、昆布ばかり食べていたことになった。


『ロマンス堂』の二階には海側に突き出した半円のテラスがある。そこにひとり悠々と腰かけた店主は、今日も今日とてどこか物憂(ものう)げで、なにもかもが億劫(おっくう)そうだ。

「で、どうだった？」

深い夜色の瞳が彼の手元の陶器から野乃子へ移ったので、野乃子は焼き立てのパンが山盛り入ったバスケットをテーブルに置き、口をとがらせて、答えた。

「……茅島さんの言う通り、ニセモノでした」

「ほらね」したりと笑ったのが、見なくても分かる。

野乃子は今日、隣町の骨董祭へ出向いていた。

妖怪の筆跡が残った古い絵巻物が展示されるらしい、とどこからか聞きつけた噂を茅島がぼやいていたためだ。「まあどうせゴミだけど」とタカをくっていた彼に、実際に確かめてきますと野乃子が名乗りを上げたのは、できる仕事を増やしたかったために他ならない。

しかし行ってみると、仰々しい額縁に入れられ、専門家の考察と並べられたそれは理解不能なただの落書きだった。茅島いわくの、ゴミである。

「だから大人しく店でガラス磨きでもしてろって言ったのに」

「でも行ってみないと分からないですし……『遺書』かもしれないじゃないですか！」

「それが分かるんだよ」

この店主は、表向きにはただの骨董品屋だが、その実重度のコレクターである。誰かの執着がこもったいわく付き物品には特に目がなく、死に際の妖怪たちが己の未練をしたためる『妖怪の遺書』も、彼の立派な収集品の一つだ。

それを彼の代わりに集めることが、このロマンス堂で野乃子に与えられた仕事であった。

「妖怪が『遺書』を託した時、往々にして、そこには何事かのよからぬことが起きる。自然の摂理を平気で無視した、人には手も足も出せぬ凶事——。妖痕。奴らのつけた傷跡が、僕らを『遺書』へ導いてくれる」

茅島は、いつだってこんな風に当たり前に怪異を語る。

それが真実なのか、はたまた野乃子を怖がらせるための方便なのか、まだたった数回異形のものらを見かけた程度の野乃子には分からない。

しかしどちらにせよ、彼の語り口にはどうにも人を信じ込ませてしまう何かがあるのだ。

茅島が詐欺師だったらこの世の終わりだな、などとくだらないことを思っているうちに茂野が席につき、今日も『ロマンス堂』の晩餐が始まった。長年趣味で腕を磨いていたという彼の料理は色眼鏡なくどれも絶品だった。

今日のビーフシチューもしかり。トマトベースの濃厚なスープに夏野菜が溶け込んで、とろとろに煮込まれた牛肉が口の中で崩れる。焼きたてのパンも信じられないほどふわふわだ。野乃子の中で茂野はとっくに天才シェフだった。

「ううう〜〜、おいしい」

思わずほっぺたを両手で包んで蕩(とろ)けると、茂野は「おそれいります」と嬉しそうに笑った。茅島は黙々と食を進めている。

いつもの光景が広がるなか、野乃子がそれを思い出したのは食事もひと段落ついた頃だった。

「そういえば今日、帰りに大きな猫を見たんです！　たぶん、あれは化け猫です」

茅島いわく、この町は妖怪の出現率が高いらしい。理由は知らないとのことだ。

「ほうほう。化け猫とはまた奇怪な……それはどのくらい大きいものなのですか」

普段茅島からこういった話は聞かないのだろう。野乃子が話し出すと、茂野はきまって眼鏡の奥の瞳を少年のようにきらきらさせた。

「うーん、大きさはトラックくらい……？　毛は真っ黒でボサボサでした」

「そいつは化け猫じゃなくて猫又だ」

茅島がちびちびパンナコッタを食べながら口を挟んだ。

「駅のもっと向こうに硯川（すずりがわ）という地区がある。そこの空き家に、ずっと昔から一匹棲み着いてるんだ」

「猫又？　化け猫と何か違うんですか？」

「君はウインナーとソーセージの違い考えたことある？　僕はない」

身も蓋もない回答だ。ただ、どうやらしっぽの数だけは明確に違うらしく、猫又は二本で、化け猫は一本なんだそうだ。なるほど雑である。

「言い忘れてたけど、妖怪を見かけても無暗（むやみ）に話しかけたりしないように」

「話したら通じるものですか？」

「それは相手によるけど……じゃなくて、しゃべるなって言ってんだけどね、僕は。君は面倒ごとをしょいこみそうだ」

茅島は根っからの出不精だ。心惹かれる品があればどんな遠方にでも足を運ぶくせに、そうでなければ一歩も店から出たくないというわがままっぷり。ことあるごとに野乃子に「面倒ごとには首を突っ込むな」と忠告するのも、自分が巻き込まれたくないためだろう。

「そんな何度も念押ししなくても一度言われたら分かりますよ」

子供じゃないんですから。と澄まして答えた野乃子が、ある妖怪と出会うのはその数日後の話である。

「ソレに触るな」

学校からの帰り道。信号待ちをしていた人が落としたハンカチを拾うべく前かがみになった野乃子は、その態勢のまま硬直した。

むっとした夏の熱気にこもる獣臭。声ははるか上空から降ってくる。目線を脇にずらすと木の幹のような前脚が見えた。ゆらゆら揺れる二本のしっぽの影――。

あの猫又だ。

「お前、お前おマエマエおまえ、視えてる、視えてるな、聞こえてる」

「……」

猫又の声はビニール袋をこすり合わせたような、歯の隙間から漏れ出すような、かすかな細い音をしていた。耳に息がかかる。怖くてそれ以上眼球を動かすことはできなかったが、すぐそばで顔を覗き込まれているのが分かった。

「駄目だろォ」嫌な視線が全身にまとわりついている。

「近付いたら祟る、触ったら祟る。許さない許さない、声をだしたら許さない」

繰り返される声に冷や汗が流れ、わけもわからず謝ってしまいそうになる。さらに猫又は声の向ける先を野乃子から前方の誰かに変えた。

「シヨ」

野乃子に向けたそれとは違う、砂糖菓子のようにあまやかな声。

「シヨ、シヨ、なあシヨ。駄目だあ、誰とも出会っちゃだめ。出会うな、出会うな」

出会うな出会うな、と繰り返し囁く声に怖気だった時、横から伸びてきた小さな手が落ちていたハンカチを拾い上げた。

「おばあちゃん！　おとしました！」

どうやら帰宅途中の小学生のようだ。声をかけられた女性は振り返り、ありがとうとそれを受け取った。花柄の杖。声からして六十代くらいだろうか。

信号が青に変わり人波が動いたが、野乃子はまだ動けない。うなじにジクジク嫌な視線が突き刺さっている。人々が怪訝そうに野乃子を避け、青になった信号が再び点滅し始めたころ、やっと悪寒が消えたので野乃子は顔を上げた。

猫又は横断歩道の向こう側にいた。

こちらに背を向けている。

誰を見ているのだろう、と野乃子が探したのは、もちろんシヨと呼ばれたあの女性だったが、彼女の姿はどこにも見当たらない。その時だ。猫又が鳴いた。

どこまでも伸び上がるように背筋を伸ばし、顎を天に突き上げて一声。

そして、ふつん、とこと切れた。

「あっ」

大きな身体が砂のように崩れて消えていく。

死んだ。たった今、死んだ。記憶の中の、白蛇の妖怪と同じように。

(そうだ。妖怪は、この世ならざる者たちは、こんなふうに死んでいく)

誰にも気付かれず。あまりに呆気なく。

それから信号が青になって、また赤になっても、野乃子は足を踏み出すことができなかった。

「——そういうことがありまして。現在沈んでます」

「不毛だ。阿呆か君は」

『ロマンス堂』での野乃子の出勤日は平日の放課後のみである。土曜、日曜と経て月曜日の放課後。いつものように店に訪れたものの、普段より口数が少ない野乃子に、気まぐれで理由を尋ねた茅島はげんなりした。

「僕があれだけ関わるなって言ったのもう忘れたわけ。ニワトリって呼んでい い？」

「さすがにこれは不可抗力でしょう！」

「一体何のために毎日君の鞄にドッキリを仕込んだと思ってる」

暇つぶしでは、という顔の野乃子を見て茅島はやれやれの仕草をした。

「君の仕事は『妖怪の遺書』を集めることだろ。それから僕の雑用。つまり用があるのは妖怪本体にじゃなくて『遺書』にだけなんだよ。分かるかなぁ」

「じゃあ見かけても無視しろって言うんですか？　そんなの無理ですよ」

「無理じゃない。あいつらは道端のたんぽぽだ。ハイ復唱」

「たんぽぽは祟るとか言いません」

野乃子は唇を引き結ぶ。こういう時は空気を読んで一緒にしんみりするものだ。一時は命を捨てた野乃子の言えたことじゃないが、茅島は死に対して淡白すぎる。

そんな不満を見透かしたのか、茅島はいつものように鼻先で笑った。

「いちいち怯えて驚いて、同情して憐れんで、これから目に映るすべての妖怪相手にそんなことして回るつもりか？　もうイイコでいるのはやめたんだろ？」

野乃子がこれまで優等生でいることを望んだのは、母を振り向かせるためだった。でもだからといって、突然すべてに無関心になんかなれっこない。

「もっと利口に生きるといい」

茅島は額に入った掛け軸の位置を微調整しながら言った。

「あの日、たった一度気まぐれに結んだ縁に、君は一生悩まされ続けるんだぞ。せめてこれ以上は関わらないほうが君のためだ」

彼は野乃子が救おうとした白蛇の妖怪のことを言っているのだ。

あの蛇と指切りを交わしたことで、野乃子は妖怪が視えるようになった。

「奴らとの道は重なり合うべきじゃない。視えないようになってるのは、視る必要がないからだ。そんなものにイチイチ取り合って一喜一憂するなんて馬鹿のすることだ。もっと利口に生きろ。深入りせず必要な時にだけ使えばいい。妖怪も——君の目も」

野乃子はいつの間にか噛んでいた唇をゆっくりほどいた。

「茅島さんは、妖怪が嫌いですか」

「好きでも嫌いでもない。強いて言うならどうでもいい」

茅島は既に話題から興味を無くしつつあるらしい。

「そもそも人とか妖怪とか、そんなに関係ないんだよ。興味がないものにはてんで心が動かない。僕が好きなのは、僕の物欲を満たしてくれるどこかの誰かの執着だけ」

野乃子は立ち上がり、離れたところで静観していた茂野のもとへ向かった。

「茂野さん、今日の買い出し、私が行ってもいいですか？」

「もちろん構いませんが、重いでしょう。車を出します」

「大丈夫です。ちょっと歩きたいので」

茂野から買い出しの紙を受け取り、野乃子は茅島を睨んだ。

「茅島さんの考え方、私は好きじゃありません」

そう言った野乃子に、茅島はべえっと舌の根を晒す。

「僕もお人好しなんか大っ嫌い」

好きじゃないと言った野乃子に嫌いだと返す茅島は出会ったころと何ら変わらず大人げがない。野乃子が足音荒く店を出ていくと、茂野は細いため息をついた。

「あなたは、野乃子さん相手だと途端にムキになりますね」

「……ああいうガキっぽい奴は嫌いなんだ」

どちらがですか、という茂野の視線を受け流し、茅島は熱いコーヒーを煎茶のようにすすった。

野乃子は、店を出るや否やその場で地団太を踏む程度には大荒れだった。

初めて会った時から彼は口を開けば饒舌で無神経で、人の心を抉ることに躊躇いがない。嫌われることに迷いがないのだ。

(同じこと言うのでも、もっと言い方があるのに！)

あの白蛇の件だってそうだ。茅島はまるで野乃子が後悔しているかのように言うけれど野乃子はあの妖怪と約束を結んだことも、妖怪の文字が読めるようになったことも、妖怪が視えるようになったことも、ちっとも後悔していなかった。

野乃子は、夏のはじめに茅島に救われたのだ。

恩返しだなんて大層なことを言うつもりはなかったが、少しでも彼の役に立てるなら、それはやはり嬉しいことだった。だのに、まるで出会ったことすら後悔しているかのような彼の言いようが、野乃子には無性に悲しかったのである。

「……茅島さんの馬鹿」

呟いた野乃子は顔を上げ、あれ、と首をひねる。

少し先の踏切で、何かを探すようにうろうろ立ち往生する人影がある。野乃子は吸い寄せられるように手助けに向かったが、途中で茅島の「僕もお人好しなんか」の顔が頭を過り、半ばむくれっ面で声をかける羽目になった。人に親切をためらわせるなんて、あの店主は極悪人だ。

「何か落としものですか？」

あらあら、と柔らかく投げられた声と花柄の杖を見て、野乃子ははっと思い出す。

交差点でハンカチを落としたのは、この人だ。

「そうねぇ、若い子が見たほうが確かかしら。このあたりに鈴が落ちてない？」

「鈴？」

女性は申し訳なさそうに眉を下げて首を振る。

「色も形も分からないんだけど、この辺りにあると思うのよ」

分からないとはどういうことか。不思議に思う野乃子の前で、女性は耳の傍に手をかざした。小さな音を聞き取ろうとするような素振りだ。

「あら……？　おかしいわねぇ、ついさっきまで聞こえていたんだけど……」

野乃子も彼女に倣って耳を澄ませたが、聞こえるのは遠くで鳴いている蟬の声だけだ。何も言わない野乃子に、彼女は小さく肩を落とした。

「ごめんなさい。変なことを言って困らせちゃったわね」

踏切の音が鳴り始め、二人は線路の外へ出る。年なのかしらねぇ、とうそぶく女性の声は終始穏やかで、それは寄る年波を嘆いているというよりも、どこか楽観的に楽しんでいるように見えた。

「最近、色んなところで鈴の音が聞こえるの。家の中だったり今みたいに出かけている時だったり……ずっとじゃなくて、思い出したように時々鳴るのよ。まるで生きて動いてるみたいに」

はっと固まった野乃子に、彼女はくすくす微笑んだ。

「ごめんなさい、引き留めてしまって。親切にしてくださってありがとう」

お辞儀をして立ち去ろうとする女性を、野乃子は咄嗟に呼び止めた。

「……最近、何か手紙のようなものを、触りませんでしたか」

野乃子の問いかけに女性は首を傾げる。

「落書きみたいなもので、あなたには読めない文字が並んでて……でも、誰かの大切なもののような気がして捨てられなくて……」

言いながら野乃子はどんどん口ごもっていった。

（私、不審者みたい）

初めて会った時茅島に似たようなことを言われ、彼を訝しく思ったのをもう忘れたのか。これではまったく同じだと野乃子は潔く言葉を切り上げ、頭を下げた。

「ごめんなさい、やっぱり何でもないです！　さよなら！」

逃げ去ろうとした野乃子の背中に女性は「待って」と声をかける。

おそるおそる振り返った野乃子は、彼女が持つそれを見て間抜け顔になった。

「手紙って、もしかしてこれのこと？」

彼女が鞄から取り出したそれは、間違いなく『妖怪の遺書』だった。

「で。どうして遺書だけじゃなくて本人まで連れてきたんだ」

仏頂面の茅島が尋ねる。

視線の先には、趣味の料理について意気投合している茂野と婦人の姿がある。

「だって仕方ないじゃないですか。放っておけませんし」

「怪獣みたいに足音を立てて出て行ったくせに、こんなに早く戻ってくるとは」

「買い出しはちゃんと済ませました！」

「それで余計なオマケまで買ってきたってわけか。お釣りで足りた？」

嫌味ばかり言う茅島の目の前に、野乃子は人差し指を突き付ける。ここに戻るまでの道中、野乃子は彼に何か言い返せないものかと考え通しだったのである。

「茅島さんがこれ以上大人げないことばかり言うなら、私にも考えがあります！」

「へえ？　考え。一体どんな浅知恵のことかな」

憎たらしく言う茅島に、野乃子はにっこり笑ってみせた。

「学校の友達をいっぱい連れてこの店を放課後のたまり場にします」

にやにやしていた茅島がビシッと音を立てて固まる。

「…………君友達いないだろ」

「失礼な。そりゃ特別仲良しはいませんけど、私はクラス委員長ですよ？　ねえ皆！　私最近超おもしろいお店見つけたんだ～！　なんて言えばすぐです」

「……」

「茅島さんみたいにムスッとした年上の男の人なんて女子たちのいい的だろうなぁ。親しみやすいあだ名で呼ばれてもみくちゃにされて、気付いたら頭にピンクのシュシュが」「やる」

茅島は低い声で言い、恨みがましい目を野乃子に向けた。

「そんな濃縮した地獄を味わうくらいなら君の言う通りにする」

野乃子は心の中でガッツポーズした。まさかこんな手が効くなんて！　何でも試してみるものである！

「君のことだ。どうせあの人の妖痕を何とかしたいとかそんなとこだろ」

妖痕とは、人ならざるものによって与えられる災いだ。『遺書』を託された人間は、それを手にした瞬間から未練に関わる災いをその身に受けることになる。

「やれやれ！」と茅島は体裁もへったくれもなく吐き捨てた。

「一日一善しないと死ぬ病気か？　いやいい。分かった。そのかわり、終わったら『遺書』は僕が貰うから。それから僕を脅したことはいつか必ず後悔させる……」

安い悪党の捨て台詞を素で言った茅島だが、今のところ〝放課後のＪＫたまり場作戦〟に勝てる術は持ち合わせていない。今回は完全な白旗だ。

フフと笑う茂野を横目で睨み、店主はのったり婦人のもとへ向かうのだった。

女性の名は、三栗紫代。城戸釜町硯川に住む六十七歳女性。夫の晴彦とは三年前に死別し、今は一人で暮らしているという。

肌身離さず持っているらしい二人の写真を受け取り、茅島は渋い顔をした。

「前にうちに来た客だ……。あれは、とんでもなく厄介だった」

茅島の失礼な言い様にぎょっとした野乃子だが、紫代は気にしたふうもない。

「うふふ。あの人ったらすごく人見知りで、初対面の人とは全く口を利かないの。二人で買い物や食事に行っても、店員さんと話すのは私ばっかりなのよ？」

「そうそう。たしか花瓶を探しに来たんだよ。でもその時ちょうど茂野がいなくて、僕は彼と理想の花瓶を出会わすのに二時間もかかった」

「ああ、五年ほど前でしたね。硯川の青い屋根のお宅に花瓶をお届けしたのは」

茂野が思い出したように言うと、紫代はきゃあと手を叩いて喜んだ。

「ええ、そう！ そうなの！ もとは空き家だったものを買い取ったのよ。今はもう張り替えてしまったけど、あの頃の屋根は青だったわ！」

じゃあうちにある花瓶はこちらで買ったものだったのねぇ、と意外な縁にはしゃぐ紫代を横目に、野乃子は彼女の言葉を脳内で繰り返す。

――硯川の青い屋根の空き家。

たしか猫又が棲んでいると茅島が言っていた場所だ。

店主を見ると、彼はふむと顎に手を置いてあの胡散臭い笑みを浮かべていた。遺書を書いた妖怪に見当がつき、俄然やる気が湧いてきたのかもしれない。

「では『遺書』を拝借しても？」

「『遺書』？　ああ、例の手紙のことね！　もちろんですとも」

紫代がうきうきと鞄に手を差し込むのには理由がある。

ついさっき茅島に、あなたが持っている紙は『妖怪の遺書』で、あなたに鈴の音が聞こえるのはその『遺書』を託されたせいかもしれない、と告げられた時、その場にいる誰もの予想に反して彼女は「きゃあっ！」と口元に手を添えて喜んだ。

「なんだか映画の世界に飛び込んだみたいね！　私昔から好きなのよ！」

真に受けているんだかいないんだかな反応に、茅島はぐるりと目を回す。彼女は淑女の見た目に反して、少女のように好奇心旺盛だった。


『すずをみつけて』

淡黄(たんこう)色の和紙に書かれた、妖怪の最期の願いは、その一文だけだった。

「今、鈴の音は？」

紫代はいいえと首を振る。鈴の音が聞こえる時間や場所はまちまちらしい。

初めて聞こえたのは金曜日で、買い物から帰宅したあと、仏壇に花を供えていた時だったという。遺書もまた同じ日に縁側の隅に置かれていたのを見つけたそうだ。

「金曜日はあの猫又が消えた日です」

野乃子が言うと、茅島は頷いて紫代への質問を続けた。

「身の周りで何か不思議なことが起こったことは？　例えば、変なものを視たり足音を聞いたり」

「そうねえ……」

紫代は野乃子たちの反応をうかがいながら、実はね、と話を切り出した。

「主人が死んでからずっと、独り言に返事が返ってくるの」

ぎょっとした野乃子に、紫代は慌てて「怖い話じゃないのよ？」と付け足した。

「あの人が亡くなって何日かして、今日の夕食はどうしようかしらって呟いた時――高野豆腐の含め煮がいいって。それから時々返事が返ってくるようになって……。誰に言っても信じてもらえないだろうし、何か害があるわけでもないからそのままにしておいたんだけど」

「こ、怖い話じゃないですか……」

紫代はうふふと笑った。

「初めは私も少しね。でも一人で寂しかったし、だんだん愛着がわいてきちゃって。

とってもガラガラした声だから、ガラガラさんって呼んでたの」

野乃子なら誰もいない家の中で返事が返ってきたら、ウフフではとても済ませられない。

紫代は一転して悲しげな表情を浮かべた。

「……なら、もしかして、ガラガラさんがその『遺書』を書いたのかしら。『遺書』ということは、ガラガラさんはもう死んでしまったということ？」

こちらまで悲しくなるような声で言う紫代に、茅島は「まあそうだね」とまったく温度感を合わせない返答を返す。野乃子に睨まれようが、どこ吹く風だ。

「失せもの探しは遺書に記される未練としては定番だ。難易度も低い。問題はその鈴の音が、彼女にしか聞こえず、形に至っては誰にも見えないということ」

たしかにそんなものを探すのはかなり難しいように思える。

「妖怪にしか見えない鈴……とか？」

「でも君は視えなかったんだろ？」

野乃子が頷くと、茅島はぬるくなったコーヒーを一口含んだ。

「なんにせよ、遺書を書いたのはその猫又だろうな」

「他の妖怪が書いた可能性は、もう捨ててしまっていいんですか？」

「捨てる。ありえないしな」

茅島はそう断言した。

「猫又は、古くは人に飼われていた猫だ。たまに山猫が化ける例もあるけど、硯川の奴はいまだに家に憑いてるくらいだし、たぶん違う。

猫又は縄張り意識も強いから他の妖怪は寄せ付けないはずだ」

淀みなく仮説を立てる茅島に、感嘆の声を上げたのは紫代だった。

「まあ、店長さん、探偵さんみたい！　すごいわ！」

「……別に、こんなの誰にでも分かることだけど」

茅島もまんざらでもなさそうだ。さっきまで余計なオマケとか言ってたくせに、と野乃子は内心でふくれた。

「『遺書』の書き手が分かっているなら、あとは鈴との関連性を探し、ありそうなとこから潰していけばいい」

「じゃあ猫又を知ってる妖怪をあたるんですか？」

「そんなのより、もっと確実な相手がいるだろ？」

首を傾げる一同の前で、茅島は腰を上げ、商品棚に陳列していた石の置きものを手に取った。くすんだスカイブルーの石だ。野乃子は目を輝かせる。

「綺麗……。それ、結晶石って言うんですよね。こんなのお店にあったんですね」

水鳥が好きそうだな、なんて考えながら言うと、周囲に沈黙が広がっていることに気が付いた。紫代がおずおずと、どこか期待をにじませた口調で尋ねる。

「……野乃子ちゃん。ここに何かあるの？」

「えっ」

石を持ったまま驚きに固まる野乃子に茅島は説明を始める。

「これは蛍石と呼ばれる妖怪だ。火にくべれば一晩は熱を灯し、夜は川底や土の中で眠る」

茂野や紫代がきゃあきゃあはしゃぐ横で、茅島は野乃子にしか聞こえない声でそっと告げた。

「紫代に妖怪を視る力はない。そんな相手に声を聞かせてたなんて、猫又には何か意図があったとしか思えない。彼女は立派な奴の執着だよ」

横断歩道で紫代に囁き続ける猫又の姿を思い出し、野乃子もぞくりと身震いする。

「とりあえずは彼女にガラガラさんとした会話の内容を思い出してもらい、そこから解決の糸口を探る。僕は別の切り口から調べてみるよ」

詳しい話の聞き取りは明日、硯川にある紫代の自宅で行われることになった。

茂野が恭しく車の助手席を開けたので、紫代はぽっぽっと赤くなりながら「また明日ね、野乃子ちゃん」と嬉しそうに帰っていった。

「茅島さん！」

紫代を見送った野乃子が茅島に向き直る。それは語らずとも伝わるほど、尊敬と興奮の込もった声だった。

「ごめんなさい、私、茅島さんを誤解してたみたいです！」

「へえ」応じる茅島の声はおざなりだったが、野乃子は少しも気にならなかった。

「茅島さんって『妖怪の遺書』と骨董以外はどうでもいい冷血漢なんじゃないかって思ってたんですけど」

「ひどいな」

「ごめんなさい。でも、紫代さんの妖痕を消すためにこんなに頑張ってくれるなんて、正直見直しました！」

「それはよかった」

「……ところで、さっきから何を書いてるんですか？」

茅島の手元を覗き込むと、小ぶりなメモ帳に紫代の名前と住所が書かれている。

ああ、これね、と茅島は何でもないように答えた。

「ポックリ逝った時用」

「……はい？」

「動物が妖怪になるにはたいてい強い恨みが絡んでるんだ。そういうふうに成った妖怪が人にもたらす影響もまた悪い。どうにもならなかった時には『遺書』を回収しにいかなきゃいけないだろ？」

わなわな震えている野乃子に気付かず、茅島はまだまだ続けた。

「あ。このページは『遺書』を所持してるけど僕を不審者扱いして通報した奴ら。こっちは妖痕に悩まされてるのを見かけたけど『遺書』の所持は未確認の奴ら。とりあえず全員ポックリ待ちで――ああ！　こら何をする！　止めろ破くな！　これを調べるのに僕が一体どれだけ苦労を、あ！　ああああ～」

野乃子は明日、紫代の家には自分一人で行こうと心に決めた。

「まあまあ、野乃子ちゃん！　本当に来てくれたのね！　いらっしゃい、どうぞ！」

翌日、約束通り学校帰りに訪れた野乃子を紫代は大歓迎で迎え入れた。

通された居間には、箱のような形のブラウン管テレビや文庫本が詰まった古い本棚。かと思えば食器棚には北欧風の小洒落たグラスや皿が並んでおり、色んな意味で和洋折衷だ。

「散らかっててごめんなさいねぇ」

野乃子を椅子に座らせた紫代は、そうだ！　とさっそく手を打った。

「昨日茂野さんに家まで送っていただいたでしょう？　その時あなたは甘いものが好きだって聞いたから、作ってみたの」

野乃子の前に差し出されたのは色とりどりのクッキーだ。市販のものと遜色ない出来栄えに驚きつつ、促されるまま一つ口に含めば紅茶の香りがふわりと口に広がった。

「おいしい！」

野乃子がいつものようにあれこれ言葉を尽くしてその美味しさを褒めちぎれば、紫代はほっぺを桃色に染めてそれを止めさせた。茂野の料理を褒めたたえるべく日々研鑽された食レポ能力が無意識に発揮されてしまっていたらしい。

「お菓子作りはね、この町に越してきてからできた趣味なの。東京にいた時は毎日忙しくてねぇ……。こう見えて看護師だったのよ？　晴彦さんは内科のお医者さん。白衣のおしどり夫婦なんて言われてたんだから」

惚気た紫代がうふふと笑う。

病院で並ぶ二人の姿を想像し、野乃子もつられて微笑んだ。紫代の顔にふいに影が差したのは、晴彦の病について語った時だ。

「お医者さんだからって自分の身体のこと全部分かるわけじゃないのよね」

晴彦に病気が見つかった時、それはもう手遅れなほど進行していたらしい。二人は話し合い、病院で一生を終えるよりはと、晴彦の生まれ育ったこの町へ来た。

「ここ、晴彦さんの子供の頃の秘密基地だったんですって」

「このおうちが？」

「そう。今は住みやすくなってるけど、越してくる前はお化け屋敷みたいにボロボロでね。本当にここでいいのか、って不動産屋さんに何度も確認されたもの」

紫代はくすくす笑った。

「でも、ここがよかったの。ボロボロだし雨漏りもしてたけど、晴彦さんがあんまり懐かしそうにしてたから、私もすぐここが好きになった。きっとあの人の青春が詰まっていたからなのね」

紫代が思い出を懐古するたび、それはほろほろ崩れ、野乃子の中にも降り積もった。会ったこともない晴彦の姿が、二人がこの家で過ごした穏やかな時間が、まるでこの目で見てきたように脳裏に浮かぶ。

（きっと仲のいい二人だったんだろうな）

くすりと笑ってお茶を飲むと、目の前に含み笑いした紫代の顔がずいと迫った。

「それで。野乃子ちゃん、あの店長さんは恋人さんなの？」

「………こっ」

「なんだか二人だけに通じる、とっても特別な空気を感じたのよねぇ」

野乃子は一瞬赤面しかけたが、「ポックリ待ちだ」と言った茅島の姿を思い出して瞬く間に真顔に戻った。

「断じて違います。絶対に。地球がバク転しても無いです」

「あらあらあら」

野乃子が断固否定したので恋バナに花が咲くことはなかったが、それからも紫代は野乃子の話を聞きたがった。学校でのことや『ロマンス堂』での話。話題が両親のことに触れると、彼女はしわのある温かい手で野乃子の手を握り――、やがてはたはた涙をこぼした。

「野乃子ちゃん、あなた、よくがんばったわねぇ」

野乃子は鼻の奥がつきんと痛むのを感じ、慌てて明るい声を出したが、紫代においでと抱きしめられて結局泣いてしまった。つらくも悲しくもなかったのに、紫代の優しさとあたたかさに不思議と涙が出てきたのだ。

野乃子はそれから日々のあれこれを話し尽くし、「また明日来ますね！」とお土産のクッキーを手に、ご機嫌に帰路についた。

「――あっ!! 話聞くの忘れた!!」

「何しに行ったんだよ」

店に戻った野乃子は今、茅島からの冷たい視線を全身に浴びている。

「……ニワトリだニワトリだと思ってたけど、まさかひょうたん頭だったなんて。ちなみにひょうたんは魔除けや呪具に使えるけど、君はくり抜くと何になるわけ？」

「ぐうっ」

嫌味の嵐も甘んじて受け入れるしかない。

こうしてはいられないと翌日も意気込んで紫代の家に赴いたが、翌日も、そのまた翌日も、野乃子は猫又や『遺書』にまつわる一切の情報を紫代から聞き出すことができなかった。

「……茅島さん、お願いです、一緒に来てください。紫代さんとおしゃべりしてると楽しくて、おばあちゃんみたいで、話題が尽きなくて気付けば夕方なんです！」

とうとう泣きついて頭を下げた野乃子に、茅島はニヤニヤ言う。

「やれやれ。意地を張らずにさっさと僕を頼ればよかったのに。あ、君は留守番ね。無駄話をして話の腰を折られちゃたまらないからな」

「ぐう……」

〝放課後のたまり場作戦〟をまだ根に持っているのだろう。野乃子は悔しかったが、しかし、夕暮れ頃にホクホク顔で帰ってきた茅島は紫代から何一つ情報を聞き出してこなかった。両手いっぱいに手作りパンは持たされていたけれど。

看護師としての経験がそうさせるのか、彼女はとにかく話させ上手で、聞き上手だ。おかげで野乃子は子供の頃好きだったお菓子の話を小一時間もしてしまったし、茅島に至っては店にある中世ヨーロッパの地図の存在しない島について三時間も語ったらしい。さすがに紫代がかわいそうだ。

「まずいな」

一週間ほど経って茅島はようやく言った。

「このままじゃ僕らはただおやつを貰って喋(しゃべ)って帰るだけのろくでなしのトンマの愚図(ぐず)助(すけ)だ。さすがにまずい。明日は二人で行って開口一番話を聞く」

このくらい勢い込んで行かないと気付いたらくつろいでしまうので恐ろしい。

野乃子と茅島は翌日二人で紫代の家に赴き、そこでようやく思いいたった。

どうやら紫代は、猫又や鈴についての話題を避けているらしかった。

「茅島さんと野乃子ちゃんが一緒に来るなんて嬉しいわねえ！　今日はどんなお話をしてくれるの？　あ、その前にほら見て、あそこ。庭に珍しいお花が咲いてね」

（何で？　紫代さん……）

たしかに野乃子の受けた妖痕に比べれば、鈴の音が聞こえる程度の紫代の妖痕は日常には差し障りないのかもしれない。それでも気にはなっていたから、あの日茅島に頼んだのではなかったのだろうか。

しかし彼女は、茅島や野乃子がその話題を振るたびに、思い出したようにさらりと話を変えるのである。

紫代が妖痕を解決したいのかしたくないのか分からなくなったころ、隣に座っていた茅島がすくっと腰を上げた。

「帰る」

「え⁉　か、茅島さん！」

「僕は今日こそ彼女の話を聞くつもりで来たんだ。でも彼女にはそれを話す気がない」

茅島は最後に紫代に視線を向け、「じゃ」と一言言って本当に部屋を出て行ってしまった。

たしかに紫代はのらりくらり問いかけをかわしていたが、だからってこんな帰り方はない。残された野乃子は膝立ちのまま、妙な空気を残して立ち去った茅島を恨んだ。

「……紫代さん、ごめんなさい。茅島さんが嫌なこと言って」

意外だったのは、いいえと顔を上げた紫代が、気分を害したふうでも傷ついたふうでもなく、ただ悪戯がバレた子供のような顔でいたからだ。

「とうとう怒らせてしまったわ。ごめんなさい、私ったらつい……」

紫代は少しの間黙り、気持ちを切り替えるように野乃子に向き直った。

「猫又っていうのは、ガラガラさんのことでいいのよね？」

そう話し出した彼女から、野乃子が得た情報は少なかった。

一つ。ガラガラさんが返事をするのは、紫代が独り言を口にした時だけ。

二つ。話しかけようと声をかけてもそれに返事は返されない。

三つ。晴彦がかつて猫を飼っていたり、鈴にまつわる話をしたことはない。

四つ。ガラガラさんと話したことは、他愛ないものばかりだから覚えていない。

「あんまり役に立つ情報がなくてごめんなさいね」

紫代は申し訳なさそうに眉を下げたが、野乃子はいいえと首を振る。たしかにこの情報から野乃子がひらめきを得ることはなかったが、茅島なら違う切り口から何らかの結論を出せるかもしれない。その前に、あの立ち去り方については一言文句を言わせてもらうけれど。

「……あれ？　これ」

最後にと晴彦に線香をあげさせてもらった野乃子は、仏壇に置かれていた小鉢に目を留めた。紫代は、これね、と晴彦の遺影に笑いかける。

「今月は彼の三回忌があるから、それまで供えてあげようと思って」

紫代は優しげに言った。

「高野豆腐の含め煮。晴彦さんの大好物なの」

紫代の家を出た野乃子は、あ、と声を発する。帰ったはずの茅島が塀に寄りかかっていたからだ。

「……帰ったんじゃなかったんですか」

野乃子の声が尖り切っていることにも気付かず、茅島は塀を離れて逆に尋ねた。

「で、何か聞けた？」

「聞けましたとも！　茅島さんが帰ったおかげで――」そこまで言いかけてハッとし

た。

「まさか、紫代さんに話させるためにあんな態度取ったんですか⁉」

それが何だと言わんばかりの茅島に、野乃子は怒りを通り越して呆れてしまう。

紫代は茅島にとっても、少なくとも好感は持てる相手だったはずだ。だというのにそんな相手にすら嫌われてもいいと言うのか。

言葉を失くす野乃子に、本当にどうでもよさそうな声で茅島が言う。

「君と違って僕は自分の評価なんてどうでもいいんだよ。好かれようが嫌われようが、人が最後に行き着く場所は同じだ。人間関係を作る意味がない。僕の悪口で口が緩むならいくらでも嫌われるさ」

さすがに暑かったのか、前髪の陰りすらをも頼りにして歩き出すその背中を、野乃子はどこか寂しい気持ちで見つめた。

「……私はもちろん、悪口言われるのなんか嫌ですけど、茅島さんの悪口を聞くのだって嫌なんですからね」

野乃子の言葉に、振り返った茅島はしばらく目をぱちぱちさせた。初めて見る顔だが、どうせこの感覚だって伝わっていないはずだ。

「…………なんで？」

「ほらね。もういいです」

茅島は『ロマンス堂』につくまでしつこく野乃子の真意を尋ねたが、店につくなり途端に眉をひそめた。

「嫌な感じだな。誰か来てる？」

出迎えに現れた茂野は、驚いた顔で首を振る。

「今日は午前中に来たお客様が最後ですが」

中に入ると茅島の表情はいっそう険しくなった。野乃子が鼻をひくつかせたのは、花を燻したような不思議な香りが漂っていたせいだ。

「茅島ァ、遅かったなぁ。一刻前からお邪魔してるぜ」

間延びした声に驚いてそちらを見れば、海の見える来客席で悠然とくつろぐ人影があった。美人だ。風流な着流しで、煙管をくわえた美人。茅島はびっくりするほど鋭く舌を打った。

「うち全面禁煙なんだけど」

「固ェこと言うな。口寂しくってよう」

「どっから入った」

「この店は穴だらけだァ」

からから笑って美人が答える。気の置けないやり取りから見るに、どうやら客人は茅島の顔見知りらしい。

「茅島、お客様ですか？」

茂野の言葉の、ほんのわずかな違和感に野乃子は首を傾げる。

「……え？　茂野さん、あそこ」

失礼にならない程度に来客席を指さした野乃子だが、茂野は目をしぱしぱさせるばかりで、どうやら客人の姿は見えていないらしい。その反応に激しい既視感を覚え、再び顔を戻した野乃子は思わず息を止める。すぐ目の前に着流し美人がいた。

「ペロン」

「ワア！」

出しっぱなしの人差し指をザラリと舐められ、野乃子は飛び上がって後ずさった。

（な、舐めた！）

「わぁはは！　目が合った目が合った。やっぱり視えてンだ。可愛いねぇ可愛いねえ！　お嬢ちゃん、名前はなんてェの？」

「……の、野乃子」

反射的に名乗るとすかさず叱責の声が飛んできた。珍しく声を荒らげた茅島だ。

「どうして、名乗るんだ」

「だ、だって、聞かれたから」

「妖怪に迂闊に名前なんか教えるな！　食われても知らないぞ」

「食わっ、……え!?　この人やっぱり妖怪なんですか!?」

目の前の人物をまじまじ凝視する野乃子に、可愛らしく首を振って見せる美人。間近で見るとますます綺麗だ。アーモンド形の大きな目には、翡翠がはまっている。

「いやだな、食わねェよう。今どき人なんか」

「食うもんがなきゃ食うだろ」

「はー、やだやだ。駄目だよ嬢ちゃん、こんな偏屈な男に気を許したら。好きになるんなら俺みたいないい男にしなきゃァな……ん？　女に見えたって？　試してみる？」

「この色ボケ妖怪！　すぐに追い出してやる」

飛びかかった茅島をするりと避けた客人は、両手で野乃子の手を握って微笑んだ。

「俺は猫魈の糸菊ってンだ。化け猫やら猫又やら、猫妖怪の総元締めさ」

野乃子ははっとして茅島を見た。

総元締めとはボスだとか首領だとかそういった存在だったはずだ。もしかして紫代の妖痕を解くために協力を仰いだのだろうか——と思ったが、どうやらそういうわけではないらしい。茅島は文字通り足蹴にして糸菊を店から追い出そうとしている。

「うちは骨董品屋だ。流行狂いのお前が好みそうな品はない。帰れ」

「そう邪険にすんなって。ちょっと小耳に挟んだから来たんじゃねェか」

「小耳に挟んだって、何を」

「お前が猫妖怪を探ってるって」

野乃子はドキリとした。糸菊の声が、突然冷たさを帯びたからだ。

「小さい奴らとっ捕まえて、色々と聞き回ってるらしいじゃねェか。みィんな気味悪がってるぜ。今まで妖怪なんか道端の石ころ扱いだったくせに、あいつは何を企んでんだって」

探るような糸菊の眼差しを、茅島は無感情に見返している。

かと思えば、挑発するように首を傾げた。

「ならお前が教えてくれるのか？」

「……何をだァ？」

「誰にも寄り縋らない、高尚な猫妖怪の、この世にしつこくはびこる未練について」

次の瞬間、茅島は地面に引き倒されていた。馬乗りになった糸菊の鋭い爪が、茅島の喉に深く食い込むのを、野乃子は悲鳴を上げて見つめる。

「――喧嘩ァ、売ってんだよな。茅島。俺にお前が殺せないからってよ」

「茅島さん!!」

瞳孔の開ききった糸菊の凶相を前にしても、茅島の顔はいたって涼しげだ。

「硯川の猫又の『遺書』を見つけた。僕はその未練を知りたい」

「嘘つけ。俺たちはそんなもん書かねェよ」

「嘘と思うなら自分の目で見てみればいい」

真っ向から見つめられ、糸菊の動きが止まる。やがてその言葉に嘘はないと判断したのか、苦々しく吐き捨てた。

「……お前が興味持つのは、いつだって死んだ奴ばっかだな」

明らかな侮蔑を込めて吐き出された言葉も、茅島の深い夜色の目が真っ向から跳ね返す。沈黙が占めたのは一瞬のことだった。

糸菊はふっと纏う空気を緩め、軽やかな仕草で茅島から離れた。

「まあいいや。本当に猫又が『遺書』を書いたってんなら、俺も知ってる情報は教えてやるよ。同属の話だしな」

糸菊はくるりと茂野に向き直った。

「なあ、あんた。俺にも何か飲みモンくれる？　アチィの以外ね」

「……おや！　これはこれは、なんと、なんと」

声をかけられた茂野が珍しく言葉を失くしている。それもそのはず、さっきまでは誰もいなかった場所に、忽然と人が現れたのだ。正しくは、妖怪が。

「何で……」

「これも一つの妖痕さ」

床からのそのそ起き上がった茅島は、もう糸菊を追い出すことは諦めたらしい。戸棚の中にある茶葉の缶やら何やらを茂野に渡し、着々ともてなしの準備を始めている。

「力の弱い妖怪なら湿気を増やすくらいしかできないが、そいつらくらいになるとある程度妖痕をコントロールできるようになる。こうやって姿を見せたり、声を聞かせたりね」

糸菊の前には熱々のお茶と茶菓子の羊羹が置かれた。茂野のこだわり溢れるカップや湯呑が一通り揃った戸棚からわざわざ使い捨て紙コップと紙皿を選んだのだから、嫌がらせであることは間違いない。

糸菊は茂野に「氷三コちょうだい」と言って紙コップに入れさせた。

「俺たち妖怪は身体ン中に器（うつわ）を持ってんだ。その器のでかさが即（すなわ）ち寿命の長さで、力の強さ。小せえ妖怪は器も小さくできることも少ないが、お前らの追っかけてる硯川の猫又は、でけェほうの妖怪だった」

――なんせ遠い昔に人を祟り殺してる。

さらりと告げられた事実に、野乃子は思わず息をのんだ。

「おっかねェかい？　ごめんね。だけど長く生きてる妖怪ほどそういう血生臭い歴史を持ってるもんだ。あんたら、猫憑（ねこつ）きってのは知ってるか？」

糸菊に尋ねられ、聞いたことがあります、と頷いたのは茂野だった。

「たしか、殺されて死んだ猫は自分を殺した者を祟り、狂わせてしまうとか……」

「まさにそれだ。あいつはその昔ただの老いた飼い猫だったが、飼い主に殺されちまって、間もなくバケモンになった。聞いた話だと火で炙（あぶ）られたとか、そうとうに惨（むご）い死に様だったらしいぜ」

「飼い主はどうなった」茅島が尋ねる。

「もちろん死んだよ。火で焼かれるようにじわじわ気が狂っちまって、最後には首をくくってな」

野乃子は初めて垣間見た妖怪の一面に、言葉を失くした。今更糸菊に名前を教えたことが不安になってきたが、そろりと視線を向けた先で彼に微笑まれ、居た堪れなくなって俯いてしまう。

糸菊は軽やかに続ける。

「はじめは眷属にしようかと思ってたんだけど、何度口説いても袖にされるし、そんじゃあ腕ずくでって取っ掛かってった奴らも皆のされちまうから、わりにあわねンで手を引いたんだ。どうせ長くなかったしな」

「長くなかった？」

茅島が訝しげな顔をすると、糸菊は肩をすくめた。

「もう二百も越えてたし、いくら猫又でもそろそろだろ」

まあ思ってたよりちと早かったけど、と煙管をくわえ直す糸菊。

人が人の死を悼む時に早かったなどと言ったら顰蹙ものだが、妖怪の世界では違うのだろうか。

「ソンで？　あいつの遺書にはなんてあったの？　腹いっぱい人が食いてェとか？」

「鈴を見つけて、と」

けらけら笑っていた糸菊がぴたりと止まる。

「……託されたのは？」

「猫又の棲んでいた空き家に越してきた老婦人だ」

ふうん、と糸菊は眉尻を下げて伸びをした。いかにも退屈だと言いたげだ。

「そんならどうせ恨みの延長だろ。あいつ絡みの鈴の話なんざ聞いたことねェし、無茶ぶり吹っかけてじわじわ心を病ませようってハラだな」

「そんな!!」

思わず声を上げた野乃子を、糸菊はおかしそうに見やった。

「覚えときな、のん子ちゃん。妖怪ってのは存在するだけで人に害する生きモンなんだ——。なんせ人の心の、一番やわらけぇ部分を知ってる。付け入る隙を見せたら最後、あっという間に暗い所に引きずり込まれて、もう二度と外へは出られねェ」

糸菊は大きく口を開いて羊羹を一飲みにすると、ごちそォさん、と腰を上げた。

「そンじゃあな、茅島。せいぜい鈴探し頑張れよう」

驚いたのは、野乃子が瞬きした一瞬のうちに、糸菊の姿が消えていたことだ。

しかし茅島はそんなこと気にも留めず黙考し続け、やがて両手を上げた。

「打ち止めだ」

「え!?」

「猫又の未練が人を呪うことなら、これ以上の捜索には意味がない」

たしかに、憔悴させることが目的なら鈴が見えないことにも説明がつく。しかし、だったらなおさらどうにかしなければ。

「どうにかって、どうするんだ？」

茅島は、窓を開けて煙管の残り香を追い出しながら尋ねた。

「妖痕は未練を叶えない限り解けないんだよ。猫又の未練が紫代を祟り殺すことなら僕らにできることはない」

「でも、私たちが見捨てたら紫代さんはどうなるんですか？　何もできず、鈴の音に少しずつ疲弊させられるかもしれないって分かってるのに！」

言いながら、野乃子は茅島の答えが目に浮かぶようだった。

——運が良ければどうにかなるんじゃない。

つまり、どうでもいいのだ。それが妖痕を受けた者たちに対する茅島の考えだ。

「茅島さん……！　お願いです。私にできることなら何でもしますから、紫代さんを助けてください！」

切に訴えた野乃子の言葉も、茅島を揺らすには至らない。

それどころか、茅島はこの上なく愚かな存在を見たような、憐憫と嘲りのこもった眼差しを野乃子に向けた。

「君はまったく変わってないな」

「え……」

「縁の切り方を知らないなら、僕が教えてあげようか」

野乃子は、茅島が何を言っているのか理解できなかった。

「縁は呪いと同じだ。目に見えない厄介なしがらみ。自分で断ち切らない限り、いつもどこかで繋がってる。紫代が死ぬのが怖いならいっそ縁を切ればいい。僕が」

ぱしん、と。

野乃子が茅島の頰を打つ乾いた音が響いた。

「……繫がっていたいから、こんなに必死なんでしょう」

紫代と話していると、本物の祖母と話してるような気がして嬉しかった。

茂野の作ってくれる料理はもちろん美味しかったが、そんなことより、自分にも食卓を囲ませてくれたことが嬉しかった。まるで家族だと言われてるようで。

水鳥が用意してくれた野乃子の部屋が可愛くて嬉しかった。

茅島に雇ってもらえたことも、野乃子は嬉しくてたまらなかった。

皆にここに居ていいと言ってもらえたような気がして。

「私が、必死に結んだんです。切れなんて簡単に言わないで」

喉を絞るように言って、野乃子は俯いた。悔しさと惨めさで泣いてしまいそうだと思った時、タイミングよく店の引き戸が開く。

「こんばんはぁ。悪いわね遅くなって。仕事押しちゃって」

ひょこりと顔を出した水鳥は、店内の重々しい空気を悟って「あら」と黙った。

野乃子はすかさず水鳥の背中を押し、おつかれさまでしたっ、と振り返りもせずに店を出る。店の横には水鳥の自慢の愛車が止まっていた。

「野乃子、いいの？」

水鳥の声は聞こえないふりをしてバイクに跨り、深々とヘルメットをかぶる。今はもうほんの少しだって茅島と一緒にいたくない。

「野乃子」

「いいの！　茅島さんとは、暫く口きかないんだから。あんな分からず屋」

「そうじゃなくて鞄よ。か、ば、ん」

コン、コン、コン、と指先でヘルメットを叩かれ、野乃子はようやく自分が手ぶらなことに気が付いた。

水鳥はこういう時野乃子を甘やかさない。自分で取ってきなさいよ、と何かあったのは察しているくせに自分はさっさと愛車に跨ってしまった。野乃子は野乃子で、鞄の中で待機している宿題をほったらかす度胸など持ち合わせていない。

結果、すごすごと再び店に戻る羽目になった野乃子は、茅島に言われる嫌味の数々を想像して重いため息をついた。

しかし細く開けた引き戸から聞こえてきたのは、どこか不貞腐れたような茅島の声。

「大体、僕一言でも見捨てるなんて言ったか？」

すぐに茂野の声が続く。

「あれではそう捉えられてしまっても仕方ありませんよ」

「いーや。捜索は諦めるって言ったんだ。未練が果たせないなら果たせないなりに、妖痕とうまく付き合っていくやり方を考えればいい」

茅島の口から紡ぎ出される代替案に、野乃子は顔を覆いたくなってくる。どうしたものか、結構な力で引っぱたいてしまった。

「しかし野乃子さん、さぞ傷ついたでしょうね。縁を切れだなんて」

（――そうだ！　たしかに、それは傷ついた！　これだけは絶対茅島さんが悪い！）

「あれはあの子が悪い」

（――これも私が悪いんですか！）

「約束したんだよ。宇都木と」

その時、野乃子はようやく茅島の語調が変わったのに気が付いた。

「ここから先、どう頑張ってもどうにもならないことなんかいくらでもある。怨みが強ければ強いほど妖痕を刻まれた人間を襲う災いは計り知れず、それにくわえて、あの子はどうせ、死に際の妖怪の痛みにだって傷つくぞ」

だったらいっそ離れればいいじゃないか。と、茅島は言うのだ。

「結局何もできないなら、いっそ他人よりも遠い距離まで離れればいい。目を瞑って耳を塞げばいい……。そうすればもう傷つかなくて済むんだから」

野乃子は思わずその場にへたり込んだ。

「それがあの子を守るってことだと、僕は思ったんだけど」

扉を挟んだ向こう側で、茅島がどんな顔をしているのか野乃子には想像できない。それでも、あの言葉が彼なりの思いやりを持って放たれたことは、十分理解できた。

ええ、と茂野が微笑む気配がする。

「そのくらいはっきり言ってもらわなければ、伝わりませんね。野乃子さん」

えっと思ったのも束の間。一瞬の沈黙の後、どかどかと足音が近づいてきて扉が開かれた。外でへたり込む野乃子を見下ろす茅島はひどい仏頂面だったが、眉根は小さくひくつき、耳は赤い。

「………ど、土下座をします」

「しなくていい」

「何してんのよ、あんたら」

様子を見に来た水鳥は、尻もちをついていた野乃子を起こし、茅島に目をやる。

「あんた、ちゃんと約束守ってくれてんのね」

「……君も盗み聞きか。いい趣味だな」

「は？　何の話？」

毎日この子の顔見てれば分かるわよ。

水鳥はそう言った後、いい晩酌のアテがあるという茂野に招かれ喜色満面で店中へ入っていった。再び訪れた沈黙は、茅島がため息一つであっさり破る。

「明日、もう一度紫代の家に行く。君も来るだろ」

「……いいんですか？」尋ねた野乃子に、茅島は小さく鼻を鳴らした。

「僕の悪口を聞きたくない子がいてね。お人好しを連れ回すと効率良さそうだから」

じわーっと滲む涙を拭い、野乃子は何度も頷いた。

「茅島さん。茅島さん……。ほっぺ、叩いてごめんなさい」

「……いいよ。最近はなんか慣れてきた」

しかし、その日以降、紫代が二人のチャイムに応じることはなくなった。彼らが再び紫代と会えたのはそれから二週間後のことである。

「――いらっしゃい。二人とも」

三回忌の墓参りを終えて家に戻った紫代は、門前にいる二人の姿を見て、観念したように微笑んだ。

彼女は最後に会った日に比べて明らかに痩せ、目の下には濃いクマが浮かんでいた。

「……ごめんなさいね。お店に顔を出しに行こうとは思ってたんだけど、最近少し具合が優れなくて……随分ご無沙汰しちゃったわね」

野乃子と茅島はこれまでも何度か紫代の家を訪れていたが、彼女がそれに応じることはなかった。二人が晴彦の三回忌を狙ってここへ来たのは、この日なら紫代も外に出るだろうと踏んでのことだ。

初めの反応を見る限り、彼女はやはり野乃子たちと会うことを避けていたのだろう。

気の乗らない様子で案内されたリビングで、紫代は早々に口火を切った。

「あの鈴のことなんだけどね。もう聞こえなくなってしまったの」

「え……？」

「だからもう探していただかなくてもいいのよ。せっかく色々してくださったのにごめんなさいね」

こういう時、必要以上に申し訳なさそうに下がる紫代の眉毛は、今日に限って弧を描いている。一度席を立った彼女は引き出しから何かを取り出し、茅島に渡した。

それは『妖怪の遺書』だった。

「これはあなたにお譲りするわね。お約束だったもの」

「……僕が約束したのは、妖痕を解いたら貰うってことだったはずだけど」

紫代はそれには答えず、弱い力で二人の背を押した。

「それで、せっかく来ていただいたんだけど、今日は少し忙しくてね……また今度私のほうから伺うから、今日は……ね？」

結んだ縁が切れる時は、きっとこんな音がするんだろう。

野乃子は何か言おうとしたが、喉がきゅっと詰まり、うまく言葉が出てこなかった。

今日会ってから、紫代はまだ一度も目を見て話してくれない。優しく手も握られなければ、お話ししましょう、と自分の隣をとんとん叩いてくれることもない。

「紫代さん……」

呼びかけても、もう応えてくれない。

寂しさにぽろぽろ泣く野乃子の横で、茅島がおもむろに手を伸ばした。

棚に置かれていた一冊の本を取ると、それを開いて眺める。その本には野乃子も見覚えがある。多趣味な紫代が、最近買ってすごく面白いのだと話題に出していた本だ。

茅島は唐突にそれを閉じ、からりと笑った。

「泣かなくていい。彼女は何も変わってない」

「え？」

「ただ聞こえてないだけだ」

驚く野乃子を前に、茅島は振り返り、少しかがんで紫代に視線を合わせた。

紫代の肩に両手を置き、大丈夫だと頷いて見せる。右手の親指と人差し指で丸を作り、揺らして「鈴」。耳を二度叩き、両手人差し指で×を作る。紫代は大きく目を見開いて、何度も、何度も頷いた。

「茅島さん……どうか……」

そして縋るように茅島の手を握ると、ふっと気を失ってしまった。倒れる直前に紫代を支えた茅島が、よろめきつつもなんとか彼女の身体をソファに横たえる。

「紫代さん！」

「大丈夫。今は気絶してるほうが楽だ――さあ、来るぞ！」

ちりん。

顔を上げる。夕日に照らされた縁側にぺたりと黒いハンコが押されたように、突然猫又が現れた。その瞬間無数の鈴の音が地鳴りのように鳴り始め、あっという間に室内を埋め尽くす。もう互いの声も届かない。

茅島が野乃子に顔を向け、ざんしょう、とゆっくり唇を動かした。

――そうか。あれは残晶。猫又の『遺書』に込められた魂の欠片。

「おうおう、やってんなァ」

石垣の上に糸菊が降り立った。片膝を立てて腰かけ、猫又の残晶に向けてゆるりと紫煙を吐く。

「見事なもんだったなぁ」

茅島や野乃子に聞こえずとも構わない、恍惚とした独り言。

「人の心ってなァ、白磁(はくじ)の皿より脆(もろ)く壊れやすいもんな。積もり積もった人への怨念を、お前はそうやって晴らすのか。なるほど、火で炙られるように長く、苦しい」

いやはや天晴(あっぱれ)、天晴(あっぱれ)、と石垣から飛び降りた糸菊の前に、茅島が立ち塞がった。

「あらァ？　いたのか、茅島。ちっと退いてなよ」

茅島は微動だにしない。何をする気だ、と目で問うた。

「何って、どうせその人間はもうじき死ぬだろ。餞さ。今生からいよいよ消えゆこうって同胞へのな」

一歩も動かない茅島に、糸菊の目が好戦的な色を帯びる――。その時だ。音もなく忍び寄った猫又が、紫代の傍に影を伸ばした。

茅島が顔を強張らせたのは、紫代と猫又の間に、野乃子が身を滑り込ませたせいだ。

「大丈夫です」

咄嗟に動こうとする茅島を止めたのは野乃子だった。

首を大きく横に振り、緊張の滲む表情に、しかし目の色だけははっきり任せろと告げている。そのまま伸ばされた猫又の影に触れ、野乃子は意識を失った。

リン、と余韻を残して、全ての鈴の音が消える。

「あーあ、あの子も持っていかれちまうぜ。茅島、お前のせいだ。お前が猫又の恨みを軽く見積もるからだ」

からかい口調の糸菊は、次の茅島の一言で目をしばたたかせることになる。

「何か勘違いしてるみたいだが、紫代があれほど憔悴していたのは、猫又の妖痕が原因じゃない」

「……は？　何言ってんだ」糸菊が鼻先で笑う。

「俺は憑かれた奴をごまんと見てきた。みィんな胸を病んで痩せ細ってたぜ」

「彼女は違う」

棚の本に挟まれた栞の位置は二週間前と変わらなかった。だというのに、本には埃一つない。横の貯金箱にはうっすら積もっているので最近掃除したわけでもないだろう。つまり彼女は、本を手に取っては戻すことを繰り返していたのだ。何度も。何度も。中途半端に手入れされた庭や、数針刺し込んで放置された刺繍も然り。これまで紫代を心躍らせていた全てのものは、残念ながら敵わなかった――紫代を襲う、壮絶な無気力に。

「彼女は今、夫を亡くした喪失感に心を苛まれている」

茅島が言いきると、糸菊は声を上げて笑った。

「ソーシツカン！　知ってるぜ。人にありがちな感傷期間だ。愛しい人を亡くすと食事も喉を通らず、何も手につかなくなるんだろ。でも、そいつの伴侶が死んだのは、もうずいぶん前だっていうじゃねェか」

「二年だ。たしかに普通なら気持ちの整理もつけられるほどの歳月だが、彼女はそれができなかった。夫の晴彦が死んでからずっと、紫代の傍には、独り言に応える誰かがいたからだ」

糸菊の表情から笑顔が消える。

「紫代はその誰かに夫を重ねた。だから彼の死を、本当の意味で受け入れられなかったんだ」

そこに思い至るのと同時に、紫代が猫又の話を避けて話題を引き延ばし続けた理由にもあたりがついてしまい、茅島は急にバツが悪くなる。

（……まあ、いいか。それよりも、今はこの子だな）

茅島は、倒れ込んだ野乃子の傍に自分も腰を下ろした。

野乃子はおそらく鏡の付喪神の一件で、残晶に触れることで妖怪の記憶にも触れられると気が付いたのだろう。しかし何をもって「大丈夫」と断言したのか、これに関しては戻ったらしかと聞き出さなければいけない。どうせ素人判断だ。

――それにしても、と茅島は、野乃子の額に伝う汗を指の甲で拭った。

「随分しんどそうだ。どんな夢を見ていることやら」

「……う、うぅう!!」

バチバチと音を立てて柱が燃える。誰かが大声で叫んでいる。熱い。痛い。悲痛な声。炎の中に伸びてくる腕には縋らない。だって、おれはとっくに手遅れだから。

「馬鹿、だなァ」

　喉から出たのは、あの時信号のところで聞いたしゃがれ声だ。

（ああ、馬鹿だなァ、馬鹿だなァ、与平どん。だからあンだけ、囲炉裏の傍にモノを置くなって言ったのによう。でも、大丈夫。おれはきっと戻ってくるよ。そんでさ、またお前の猫になる）

　熱いのも痛いのもようやく終わって、今はただ、またお前に会いたい。

（そしたらもう一度名前を呼んでくれ。な、な。俺の大好きな与平どん……）


　次に見えたのは夕焼けだった。

　おれは走ってた。地面に伸びる影はしっぽが二股に分かれ、四つ足ではなく後ろ足だけで走ってたけど、別にいいやな。変わりはねえやな。だって、人の言葉も話せるんだから。お前とおんなじになれたんだから。

　懐かしい匂いのほうへひた走り、辿り着いた先のボロ小屋に与平どんはいた。

　おれを助けるために炎に差し込んだ腕は包帯でぐるぐる巻きになっている。どんな時も気楽に笑っていた顔は、すっかり幸薄になっていた。

「与平どん！」

与平どんはおれを見た。そしてこっちがびっくりするような悲鳴を上げ、転がるようにおれを外へ突き飛ばすと、引き戸を締め切って中に立てこもってしまった。

おれは驚いた。

だって、喜んでくれると思ったから。

「与平どん、お、おれだよう、お前の猫だよう。開けてくれよう」

絶え間なく戸口を叩くが、中からはか細く「許して」「食わないで」と泣く声が繰り返されるばかりだ。

「与平どん、与平どん、おれは猫又になったんだよう。おっちんでからずっと、お前が会いたいって願うから、来たんだよ、だから、な、な。中へ入れて」

夜通し語り掛けて、戸を叩く手が痛くなって、疲れて休んで、朝日が昇ったころ、中から妙な匂いがしたんで、力いっぱい体当たりして戸口を開けた。

与平どんは、ぶらぶら梁にぶら下がっていた。

書置きには『すまない。×××。許してくれ』とだけあった。おれに詫びてた。

濁った与平どんの瞳に映るおれは、黒くてでかくて、あのころとは何もかも違っていて……。きっと与平どんには、自分を食いに来たバケモノに見えたんだろうな。

「違えのに」

与平の書置きを見た村人は、与平は猫に憑かれて気が変になって死んだのだとした。

「そうじゃねえのに」

おれを退治しようとした人間を追い払えば、鋭い牙や爪は簡単に相手を傷つけた。

人間たちはおれを恐れ、噂は国中に広がり、おれは人食い猫と呼ばれた。

「そうじゃねえ」

妖怪たちにとっても、おれは土地を荒らすバケモノだった。

「違ぇのに」

どこへ行っても居場所を追われ、転々と住処を移し、ようやく辿り着いた田舎町の空き家でおれは丸くなった。このあたりは妖怪が多く、誰の領分でもないそうだから、終わりの日までここでじっとしていよう。

そうじゃないのだと訴えることにも飽きてしまった。

「そうじゃない。ちがうよう……」

おれの声じゃなかった。そいつは縁側に腰かけて、目に涙をいっぱいためて、不細工な人形に向かって手を合わせていた。小さな人間の子供だった。

「あの時、一緒に遊ばないって言ったのは、いやだったからじゃなくて、お母さんが早くむかえに来るって言ってたからなの」

「ヨウ君がきらいだからじゃないんだ」

「ごめんね。愛子ちゃんもごめんね」

子供はしくしく泣きながら、来る日も来る日も縁側に座って、不細工な人形に向かって話す練習をしていた。

「どうして上手くいかないんだろう。ちゃんと話したいのに……。一人でなら、ちゃんとできるのになぁ」

おれはそいつの話し相手になんかなってやらなかった。もう人に声を聞かせる力も残ってないし、どうせ怖がられて終わりだろうから。

子供は少しずつ背が伸び、次第に話す練習をしなくなった。本ばかり読むようになったそいつの目はどんどん険を増し、唇は日ごとに固く引き結ばれていったけど、おれはその子供の諦めきった横顔を見るのが好きだった。

どこか、おれの仲間を見ているようで安心したから。

子供がパッタリ姿を見せなくなると、おれはまた毎日静かに座っているばかりになった。終わりまでもう少し。長くて、苦しくて、生まれ直したところで何ひとつ意味のない一生だったなぁ。

「うわ、ここ酷いな。あちこち雨漏りしてるし……三栗さん、ご覧になりたいと仰ってたのは本当にここですか？　こんなとこ、かえって修繕費がかかりますよ」

騒がしさに目を覚ますと、ぴっしりした身なりの男と一組の老いた男女がいた。男のほうは、間違いなくあの時の子供だった。

「駅前のマンションはまだ築浅ですし、すぐ傍のバス停からは病院行きのバスも出てますから、私としましてはそちらのほうがお勧めですけれども」

あいかわらず口は一文字に引き結び、気難しげな顔でむっつり黙り込んでいる。口下手に磨きがかかって随分生きにくそうだと思わず笑ったら、くすくすと軽やかな笑い声が重なった。

「やっぱり、ここにします。ねぇ、あなた」

穏やかな性格がうかがえる優しい声だ。

本当にいいのかと何度も尋ねる若い男に手続きを進めるよう頼み、女はぐるりと家の中を見回した。

「古いけど、良いおうちだわ。あなたがここに住みたいと思う理由が分かる」

「……いいのか。君が嫌なら俺は」

「いいの。わたしね、きっとここを好きになるわ」

女が幸福そうに笑う。

「あなたが一緒なら、わたし、どこでだって生きていけるんだから」

くしゃりと。その時、男が女に向けた不器用な笑顔を、おれは忘れない。

残りわずかな一生をかけて、全力で覚えていようと思った。

「……よかったなぁ、晴彦……」

そよ風のような喜びが胸に湧いて、目ん玉から幾粒も涙が転がった。

「よかったなぁ」

おれはあの日一緒に救われたんだ。

晴彦と一緒に、おまえに救われた。


「――もう、寂しくねえか、紫代」

野乃子がはっと顔を上げると、紫代の傍には猫又がいた。

顔に鼻先を寄せ、じゃれつくように目を細める。ひどく慈しみのこもった声だった。

「ごめんなぁ。お前より長くは、やっぱりちょっと無理だったなぁ」

「晴彦はもういねえけど、おれももう一緒にいれねえけど」

「寂しければ、また鈴を鳴らしてやるから」

「だからどうか長く生きて」

「できるだけ長く。いっぱいいっぱい、笑って生きておくれよう」

野乃子はやっと気が付いた。

——猫又は紫代さんに、孤独にならないでほしかったんだ。

(だから鈴を探させた。自分がいなくなったあとも、彼女が孤独(それ)を忘れていられるように。鈴を探している間は、一人ではないと伝えられるように)

紫代が不意に身じろぎし、目を閉じたまま、宙に両腕を伸ばした。シワの寄った手が猫又の広い眉間に触れ、猫又は目を見開いて石のように固まる。

これまで独り言には答えても、触れ合ったことはなかったはずだ。

「……あなたね、私とずっと一緒にいたのは」

紫代の声はたしかに猫又に向けられていた。

「あなたが晴彦さんの真似(まね)をするから、私、ちょっと期待してしまったじゃないの」

「……ごめん」

答える猫又の声は、たどたどしく、どこか怯えているようだった。小さく抑えた声量や見ないでと願うように縮こまった身体は、あの日『与平』に拒絶された傷を未だ湛えているせいかもしれない。

それでも紫代は、本当よ、と、文句でも連ねるように続ける。

「あなたが私の寂しい時ばかり返事をするから、鈴を鳴らすから、今日までたった一人で生きてしまえた……。知ってたの。看護師ですもの。大事な人を失った寂しさは別の誰かで埋められてしまうってこと。

だから私、あの人で空いた隙間は、絶対に埋めてしまわないようにしていたのに……。一人でその痛みと生きていこうって、決めてたのに」

文句が途切れる。

猫又を見つめていた紫代の目にはたしかに猫又が映っていた。

「あなたのおかげで、この二年間、たったの一度も寂しくなかった」

潤んで赤くなった目で微笑んで、紫代はやわらかな額を撫でる。

「ありがとう。ガラガラさん」

猫又はガラスをはめ込んだような瞳をめいっぱい見開くと、やがてそれをゆるりと細め、満足そうに喉を鳴らす。紫代のシワのある手のひらに数度額をこすりつけ、嬉しそうに笑った。

「紫代の手、あったけぇな……与平どんみたい……！」

そうして大きく長く、懐かしそうに鳴くと、猫又は光の粒になって空へと消えた。

三栗家の塀の外で、糸菊は、ふわあっと肺いっぱいにため込んだ紫煙を吐く。

「あーあー、つまらねェつまらねェ。あいつも最後は人好きかァ」

「お前は結局何しに来たんだ」

呆れたように言う茅島に、べっつにィ、と唇を尖らせる糸菊。

「ひやかしさ。俺を袖にした奴が、一体どんな大層な未練残してんのかと思ったが、なんてこたァねえや」

「お前の仮説は偏見だらけだったな」

「たりめェだ。俺はいつか狐にも狸にも劣らねェ猫妖怪の一大勢力を作るんだから、『遺書』残すような腑抜けがいたとあっちゃ沽券に関わンだろ？」

言い合う二人は、駆けてくる野乃子を見つけ、ひとまず口を閉ざす。糸菊はにこやかに彼女を迎えた。紫代の命を奪おうとしたことは、野乃子が気付いてないのをいいことにサラリとなかったことにした。

「よっ！　のん子ちゃん」

「糸菊さん！」

「君って、存外度胸があるんだなァ。猫又に物怖じしねェとこもよかったぜ」

唇を舐めた糸菊が甘やかな視線を野乃子に向ける。

「なァ茅島。こないだの情報提供料だ。この娘俺にちょうだいよ」

「は？」

「うちの店に置きたいんだ。いい目だろ。茅島とおんなし目だ。客もさぞ喜ぶだろうな」

蕩けた顔で言った糸菊に手の甲を撫でられ、「な。な。いいだろ？　お願い」と愛らしく見つめられた野乃子は、わけがわからないまま、人間離れした美貌に詰め寄られてうんと頷きそうになってしまった。

すかさず背後から茅島に襟首を引かれる。

「悪いけどうちは骨董品屋だ。人身売買はしてない」

「なんだァ、一丁前に悋気かヨ」

「お前みたいな奴にやったら、骨までしゃぶり尽くされてかわいそうだ。それと情報提供料ならもう渡した」

糸菊がなんのことだと片眉を上げる。

「店で茶と茶菓子を出したろ」

糸菊は先日紙皿と紙コップで提供された簡素極まるもてなしを思い出し、へっと乱暴に鼻を鳴らした。

「あんな安っすい茶ァ一杯で俺から情報が買えるかよ」

「別に安くない。祇園の老舗茶屋『辻利』で最高級の手摘み玉露と、同じく老舗『三省堂』の備中白小豆羊羹だ」

喧嘩腰だった糸菊がたちまち青ざめた。

「……え？　皇室御用達の？」

「前にいつか食べたいって言ってたろ。お前のために用意したんだ」

どうだった。うまかった？　とにこやかに言う茅島。

「嘘だ……いつか場を設えて満を持して食おうと思ってたのに……」

「味わわなかったのか？　せっかく茂野が鉄器急須で淹れてくれたのに」

「ンなもんを紙皿と紙コップなんかで出すんじゃねェ!!　馬鹿野郎!!」

わっと泣き崩れる糸菊。誰でも聞き覚えのある高級菓子や高級玉露のお茶をスーパーの試食感覚で飲み食いしてしまったことが心底悔やまれるらしい。そういえば、茂野さんも途中話そっちのけでソワソワ痛ましげにしてたっけ、と野乃子も思い出し、茅島の意地の悪さを再認識した。糸菊には割増でひどい。

「のん子ちゃん！　この性悪野郎が嫌になったらいつでも俺ンとこにおいでよ！　好待遇でもてなすからよ！」

涙目の糸菊は最後に思いつく限りの悪態を吐き、べっと舌を出して消えてしまった。

「はは。馬鹿舌のくせに通人気取りでいるからだ」

「茅島さんって……意地悪なのか優しいのかよく分かりません」

野乃子の言葉に、茅島は気味悪そうな顔をする。

「僕が誰に優しいって？　冗談はよしてくれ」

「そんなこと言って、知ってますよ。紫代さんに、今度また来るって約束してたの」

茅島は面食らった顔をした。

それは、紫代が猫又の話をもったいぶっていた理由が、野乃子や自分を長く引き留めておくためだと気が付いたから――気付いたものをやり過ごすのもやや気が引けたので、特に深い意味もなく交わした、ただの口約束だ。

しかしそんなことを長々と説明する気にはならず、茅島はさっさと話題を変えた。

「君、猫又の残晶に触れた時少しも恐れてなかったな。猫又に害意がないと気付いてたのか？」

問われた野乃子はしばらく口をもごつかせていたが、やがて、小さく声を発した。

「あの猫又、似てたので」

「似てた？　誰に」

「茅島さん」

あれは、初めて猫又の声を聞いた、金曜日。

「誰とも出会っちゃだめだ」

それはまるで彼女の孤独を望むように感じられ、非情なようでもあったけど、野乃子はつい最近その言葉に潜む別の意味を知ってしまった。

「──縁を切れ」

結んだ縁に傷付けられるくらいなら。

「──人と出会うな」

出会わなければ、その別れは来ないのだから。

（やっぱり、似てる）

しかし茅島のほうは「僕のどこがあれと似てるんだ。夜型なところ？」とさっぱり気付く気配はない。あえて言うのも癪なので、野乃子もそうですねと適当に答えた。

だって、追及されたら話さなければいけなくなる。

茅島の、茅島すら気付いていない不器用な優しさに、野乃子が気付けるようになってしまったこと。

そういう面も含めて、もっと知りたいと願い始めていることも、全部。

（……これは断じて、恋とかじゃないけど）

第3章　橋姫（はしひめ）

閉鎖された唐草山トンネルの傍。海沿いの道にひっそり建つ寂れた骨董品屋『ロマンス堂』。

三度の飯より人の執着が大好きだという店主が営むその店には、今日もいわくつき物品ばかりが並んでいる。

城戸釜高校二年・檜村野乃子は、店に駆け込むなり店主の名を叫んだ。

「茅島さん！　茅島さんいますか！」

返事はない。雑多な品々で溢れかえった店内を半身ですり抜け、目的の人物を見つけると、野乃子は額にうっすら怒りの青筋を浮かべてそれを突き出した。

「茅島さん！　筆箱の中から藁人形（わらにんぎょう）が！」

「うるさいな」

海の見える来客席に深く腰かけていた店主・茅島は、野乃子に一瞥もくれずそう放った。当然、彼女の右手に握られる不気味な藁人形にもノーコメントだ。

「君の足音は一町（いっちょう）先からでも聞こえてくる」

「何でうんざり顔なんですか！ 茅島さんがこんなの筆箱に忍ばせるからでしょう！」

「君はかわいいのが好きだから」

「これの、どこが、っ」

野乃子はそこから先の文句をぐっとこらえた。なぜなら彼女をあしらいながらも茅島の夜色の瞳は一心不乱に、摘まみ上げた何かに向けられている。こんな時はどうせ何を言っても聞こえていない。

野乃子は長めのため息をつき、大人しく茅島の興味が逸れるのを待った。

ひょんなことから妖怪というこの世ならざるものが見えるようになった野乃子は、先日からここ『ロマンス堂』のアルバイトとして彼に雇われている。宝物の手鏡に人知れず宿った付喪神と、彼女を繋げたのは他ならぬこの茅島だった。

すぐ傍にあって人に気付かれず、誰かを想う存在があるのなら。

あの時の自分のようにその想いに救われる人がいるのなら、自分もその縁を結べるようになりたい。

少し前の消えたいと思うばかりの野乃子なら抱くはずもなかった願いを、今こうして胸に抱けているのは、この偏屈で皮肉屋な店主のおかげなのである。

「ああ、素晴らしいな」

数分後。茅島はため息に恍惚をのせて言い、野乃子にそれを手渡した。三センチほどの白い石で、ところどころ色あせたようにくすんでいる。

「何ですか？」と首を傾げた野乃子に、答える茅島。

「歯だよ」

「は？」

「河童の歯」

野乃子はそれをテーブルの上に戻し、制服の裾で手を拭った。

「おいおい、汚いもののように扱うな」

「気持ち悪いです」

「河童の歯は一等級の魔除けなんだぞ！　水難とはまず無縁だ。しかも犬歯！」

だからなんだ。

「その筋のやつに売ったら億は下らないだろうなぁ、ま、売らないけど」

不気味なほどご機嫌な茅島だが、どれだけ価値があろうと歯を持ち歩くのなんて絶対に嫌だ。野乃子は後でよく手を洗おうと心に決めた。

「ちなみにその藁人形も僕が作った特級品だ」

なんせまだ空っぽだから、と河童の歯を小ぶりなケースに大切そうにしまい込んだ茅島が言う。

「からっぽ？」

「形代と言ってね、神霊を依り憑かせるために入りやすく整えられた入れ物さ。そこに願いを込めれば霊験あらたかな御守りになるし、逆に呪いを込めれば呪具になる。でも、それにはまだ何もこもってない。意外と難しいんだ、何も入れずにヒトガタを編むってのは」

つまりこの藁人形は、まだ中身が入っていないから、いかようにでも使うことができるということらしい。ただ、それを野乃子に渡す理由が分からない。

「実はこないだ紫代から聞いたんだ。君、学校に特定の友人がいないんだってな」

「えっ」

三栗紫代は、以前野乃子と茅島のもとに『妖怪の遺書』を持って現れた老婦人だ。一件が済んだ後も本物の祖母のように接し続けてくれる彼女のもとに、野乃子は足繁く通っていたが、どうやら茅島もたびたび訪れているらしい。

「ええ、そりゃまあ、親友的な人はいませんけど……」

野乃子はついうっかり声を上げたが、しかしそれは図星をつかれたというより拍子抜けしたために出た声だった。なんせこれはそれほど神妙な問題ではない。

「でも友達はふつうにいますよ。頼れるクラス委員長ですから」

「とはいえ君、放課後はだいたい店か紫代のところだろ。彼女は君が、ちゃんと青春を謳歌してるか心配らしい」

茅島はくだらないよな、と言わんばかりだが、野乃子は紫代の思いやりにじんわり胸を熱くさせた。

「じゃあもしかして茅島さんも、私が友達を作れるよう御守りを？」

「は？　全然違うけど」

竹を割ったような回答に目が覚める。そうだ。茅島はこういう人だった。

「僕は、君が今後もボッチとして強く賢く生きていけるよう、いじめっ子を淘汰する呪いを教えてやろうと思ってるんだ。目には目を、歯には歯を。とびっきり身の毛のよだつヤツを十選」

店の戸の開く音がし、野乃子は茅島を置いて表に出た。愛想の悪い茅島はまず店頭に立たないので、最近は野乃子も積極的に接客するようにしている。

「いらっしゃいませ！」

　そこにいたのは栗色の髪に人懐っこい笑顔の男性だった。二十代くらいだろうか。つい最近クラスの子たちがはしゃいでいた『わんこ系彼氏』特集に出てきそうだ。

「すみません。廃トンネルの傍の骨董品屋って、ここであってますか？」

「あ、はい、ここがそうです」

　野乃子が慌てて頷くと、彼は脱力したように笑った。

「よかったぁ。あ、俺、隣町の大学で民俗学を専攻してる三瓶優史っていいます。漢数字のサンに、一種一瓶のペイでミヘイ！　友達からはサンペーって呼ばれてます！　あはは、なんか犬みたいだよね」

「わんこ系だ……」

「はい？」

「あっ何でもないです。ええと、今日は何をお探しですか？」

　三瓶は額の汗を軽く拭い、店の中をぐるりと見まわした。

「実は今この地域の歴史や郷土を調べてて、骨董品屋なら古いものを置いてそうだし、ゆかりのある品なんかがあれば見せてもらえないかなぁって」

　恋人へのプレゼント探しが目的なら全力で他店をお勧めするが、そういうことならこの店でも役に立てそうだ。

「ちょっと待っててくださいね。今店主を呼んできます」

茅島のいる来客席と店内は屏風で隔てられているだけなので会話は筒抜けだった
はずだが、彼はまったく腰を上げる気配がない。それどころか、

「君が対応していいよ。お釣りの計算くらいできるだろ」

「お釣りはできますけど、案内は無理ですよ。郷土とか歴史とかよく知らないし」

「じゃあこう伝えて。来た道を三十分ほど戻るとコンビニの向かいに図書館が」

「茅島さん！」

野乃子が急き立てると茅島は面倒くさそうに腰を上げた。つくづく思うが、この人
に店を繁盛させる気はあるのだろうか。

「ポケットから手を出してください！　世間様に怒られますよ！」

「うるさいなぁ。君は僕の母さんか？」

ぶつぶつ言いながら店先へ出て行った茅島は、三瓶を見るなり、あっと口を開いた。

「今すぐ出ていけ」

「えっ」

絶句する野乃子の横で、茅島は狼狽する三瓶をさっさと店の外へと追い立ててしま
う。ぴしゃっと隙間なく戸口を閉め、挙句、普段は上げっぱなしのロールスクリーン

を床すれすれまで引き下げた。

「……い、今の人、お知り合いですか？」

振り返った茅島が、「何で？」と首を傾げる。

「何でって……え？　じゃあその、万引きとかのブラックリストに載ってるとか？」

「うちにそんなリストあると思う？」

「もしかして妖怪ですか？」

「どう見ても普通の人間だったろ」

「どう見ても普通の人間だったから聞いてるんじゃないですか！」

野乃子は喚きながら店を飛び出したが、そこに既に三瓶の姿はない。当然だ。

店内に戻ると、茅島は既にカウンターでコーヒーを落とし始めている。

「君もうちで働くならもっと第六感に敏感になれ。あるだろ？　あいつは生理的に無理とか近寄るとブツブツ蕁麻疹が出るとか。そういうのは店に入れなくていいんだ」

「……私は特に、何も感じませんでしたけど」

「それは君がにぶちんだから」

へらへら笑う茅島にイラリとしつつ、野乃子は続けた。

「あんな接客じゃいつかお店潰れちゃいますよ！　誠心誠意接客しないと」

「潰れないさ。人の欲が尽きない限りね」

意味深なことを言った茅島が、店の外を顎で指す。そこにちょうどシルバーの高級車が止まり、中から上品な服装の老紳士が降りてくる。

『ロマンス堂』の従業員・茂野である。

「おや野乃子さん。おかえりなさい」

「……ただいまです」

優しげな微笑みに、はにかんで応じる。茂野は再び茅島に向き直った。

「茅島。戻りました」

「お帰り。どうだった」

この店の主な収入源は各地のコレクターによる買取だといつか茂野が言っていた。

仕入れと鑑定を茅島が行い、商品の受け渡しや交渉を茂野がする。それが現在の『ロマンス堂』の仕事の割り振りであるようだが、機嫌のいい店主を見る限り、どうやら今回も良い買い手がついたようだ。

（私にも、もっとできる仕事があればいいのに……）

店に訪れる客は日に数人だ。そのうちの貴重な一人を「生理的に無理」などという意味不明な理由で追い返された野乃子は、仕方なく、掃き掃除をして手持無沙汰をごまかすことにした。

もう少し責任のある仕事がしたい——。それは、普段人から頼られがちな野乃子が抱くものとしては、まあまあ妥当な不満であった。


「こんにちはぁ……」

三瓶が再び店に現れたのはその数日後のことである。

おずおずと開いた戸口から顔をのぞかせた彼に野乃子は驚いた。正直なところ、あんなあしらわれ方をされたのではもう二度と来ないだろうと思っていたのだ。

三瓶もほんの少し気まずそうに店内を見回したが、茅島はいつもの海辺の席にいるのでここからは見えない。

「あの……ご迷惑かなとは思ったんですけど、やっぱ気になっちゃって」

「いいえ！　今日は詳しい人がいますから！　すぐ呼んできます！」

三瓶の来訪に茅島も気付いているだろうが、この間事情を聞いた茂野からしとしと怒られていたのでまだ口を出す気はないようだ。

「茂野と申します。今日はどういった品をお探しですか？」

三瓶の望み通りに店内を案内する茂野。その説明は流暢（りゅうちょう）で分かりやすく、まるで博物館にでも来たようだ。

　物腰柔らかな老紳士の案内に、三瓶の緊張も少しずつほぐれていき、三十分も経つ頃にはずいぶん笑顔が見られるようになった。

　もちろん、茅島に水を差されるまでの話である。

「ねえ」

　木製の屏風の奥から不機嫌丸出しの顔が現れる。

「僕忙しいんだけど。まだ決まんないの」

「す、すみません！」

　三瓶が委縮して謝った。野乃子はキッと茅島を睨んだが、そこに既に店主の姿はない。茂野は慣れたように目尻を下げ、申し訳なさそうな声で謝罪した。

「うちの店主は少々気難しい性質でして。お気になさいませんように」

「いえ、いいんです……ただ……」

　三瓶は少しのあいだ表情に迷いを見せ、やがて小さく尋ねた。

「店長さん、実は女性だったりします？」

　野乃子が間抜けな声を上げたのと茂野が噴き出したのと、屏風の向こうで何か大きな音がしたのは同時だった。茅島が椅子から落ちたらしい。

「あ、いや！　すみません変なこと言っちゃって！　気にしないでください！」

「茅島さんは男です………たぶん」

「たぶんって何だ」

すぐ後ろに茅島が立っていた。いつ来たのだろうか。かなりご立腹である。

「すみません、すみません！　違うんです！　俺、最近やたらと人──っていうか女性に嫌われるから、もしかしたら店長さんも……？　なんて思っちゃって」

「僕は君のこと嫌いだけど正真正銘男だよ。見せようか」

「茅島」

茂野に諫められた茅島が腰元から手を放す。

すっかりしょげきった三瓶の肩を、茂野が優しく叩いた。

「何か事情がありそうですね。実はさっき出来たばかりのコーヒーゼリーがあるのです。よかったら一緒にいかがですか？」

三瓶が初めにそれに気付いたのは、二週間前、大学でのことだったという。

専攻するゼミの教授から唐突に共同研究の相手を変えられたらしい。理由を尋ねると、どうやら相手から「ペアを変えてほしい」と打診があったそうだ。

「その子とは研究の題材が同じだっただけで、構内でも挨拶するくらいしか接点がなかったから……何で怒らせちゃったのかさっぱりで」

それ以降も、バイト先の後輩から突然仕事を辞めてほしいと連絡が来たり、アパートの隣に住む女性から「存在が無理」と苦情が来たり、今しがたも携帯を落とした女性に声をかけたところで振り返りざまに引っぱたかれたらしい。

「あとこの前、彼女にもフラれて」

なるほど、最も深いダメージはこれか、と野乃子は覇気なく項垂(うなだ)れる三瓶の心中をお察しした。彼の頭上にぺしゃんこになった犬耳が見えるようだ。

「大学の先輩で、商店街の本屋で働いてるんだけど」

「城戸釜町の本屋さん？　私学校帰りによく行きます！」

「そうなの？　じゃあ分かるかな。彼女、おでこにこのくらいの傷があるんだ」

彼は親指と人差し指の間を十センチほど広げて見せたが、野乃子はその人物に心当たりはなかった。

「そっか。じゃあ隠してるのかも。小さい頃できた傷で、人目につくのは恥ずかしいって言ってたから……でもすごく活発でかわいい人でさ。今してる研究も、彼女のお父さんが駐在さんらしいから色々聞かせてもらう予定だったんだけど……」

どんなフラれ方をしてしまったのか、聞くのが憚られるほど落ち込んでいる三瓶の横で、コーヒー棚の中から引っ張り出したドロップ缶を傾けて振り回す茅島。

「まあ女性は歩く地雷原みたいなものだし、知らないうちにいくつか踏み抜いたのでは？　ご愁傷様」

「……茅島さん、三瓶さんはきっとそういうのしないと思いますけど」

「何それ。僕はするってこと？」

こんな真剣な話の真っ最中に、大口を開けて飴玉の落下を待ちわびる人はきっと今までいくらでも女性の地雷を踏みまくってきたはずだ。

野乃子は茅島から視線を外し、三瓶に向き直った。

「でも、やっぱり偶然なんじゃないですか？　私はなんともありませんし」

「君が女性じゃないのかも」

もう踏んだ。

ぼそっと言った茅島に反撃すべく目を吊り上げた野乃子だが、三瓶が「僕もそうだと思う」と同意したので（もちろん茅島の言葉にではない）、野乃子はひとまず怒りを収めることにした。

「思い込みで全部悪いほうに繋げちゃってるのかも……。でも、聞いてもらえて少し楽になりました。茂野さんも、コーヒーゼリーありがとうございます」

三瓶が丁寧に頭を下げると、その拍子に彼の後ろポケットに押し込まれていたものがちらりと見えてしまった。紙だ。柳色(やなぎいろ)の、綺麗な和紙。そこに踊る、奇妙な──。

「茅島さん!」と呼びかけた野乃子だが、人差し指を立てた茅島に遮られる。

(何で……)

死に際の妖怪が未練を綴った『妖怪の遺書』は、茅島が集める収集品の中でも彼が執心を見せる最たる品だ。普段ならどんな手を使っても我が物にしようとするくせに、見逃すなんて、あまりに彼らしくない。

「今の『遺書』でしたよね⁉ どうして何も言わなかったんですか⁉」

三瓶が店を出た後尋ねると、茅島ははっきり「あれはいらない」と答えた。

「『遺書』の内容がまずいのか、書いた奴がヤバいのか、とにかく僕の何かが関わるなって言ってる。だから金輪際(こんりんざい)、あいつは無視だ。店にももう入れなくていい」

「……また、例の第六感ですか」

「そうだ。僕の直感は信頼できる」

野乃子には納得がいかなかった。

三瓶が『妖怪の遺書』を持っているなら、彼が女性に嫌われる原因もそこにあるのかもしれない。『遺書』を託された人間が妖痕と呼ばれる何らかの災いを受けることは野乃子も身をもって知っている。

「――もう一度言うけど、関わるなよ」

考え込む野乃子に、今一度そう念押しし、茅島はさっさと来客席へ戻って行った。

数日後。

迎えの水鳥が展覧会で遅くなるというので、野乃子は茂野から具のたくさん詰まったおにぎりを二つとキュウリとカブの浅漬けをもらい、茅島からは（聞いてもいない）おにぎりのうんちくをもらい、まだ日も暮れないうちに帰路についた。

あれから三瓶の話題には触れていない。三瓶のミの字でも出そうものなら茅島の機嫌が地の底まで転がり落ちるからだ。

「あれっ」

商店街を歩いていると、カフェのガラス越しに見覚えのある顔を見つけた。

噂をすれば三瓶だ。カウンター席に腰かけ、携帯をいじるでも本を開くでもなく、まっすぐ窓の外を見つめている。妙に険のある眼差しに驚いて足を止めると、三瓶もまた野乃子に気が付いたらしい。ふっと目元をやわらげて手を振った。

招かれるまま中へ入る。三瓶はリュックを下に降ろし、隣の椅子を空けてくれた。

「野乃子ちゃん。今帰り？」

「はい、三瓶さんは——」

先ほど三瓶の見ていたほうへ顔を向けた野乃子は、言葉の途中で彼が何を見ていたのか察せてしまった。カフェの向かい側には、彼が話していたあの本屋がある。

ガラス越しに忙(せわ)しなく動く女性の姿が見えた。

「もしかして、あの人が？」

まさか言い当てられるとは思っていなかったらしい。

三瓶は驚き、すぐさま両手で顔を覆った。

「嘘……。俺ってそんな分かりやすいの？　お願いだから、ストーカーみたいって引かないでね」

「引かないですけど、話しかけないんですか？」

野乃子の問いかけに三瓶はまごついたが、やがて諦めたように口を開いた。

「怖いんだ……。また拒否されたらって」

三瓶のように垢抜(あかぬ)けた男性でも悩むことはクラスの女の子たちと変わらないらしい。

野乃子は茅島に関わるなと言われたことなどすっかり忘れ、この頃には親切心さえ芽生えさせていた。

「良かったら何か伝言してきましょうか？」

「えっ、ダメダメ！　女子高生に助けてもらったなんて知られたら、情けないって怒られちゃうよ」

だから言わないでね！　と必死で頼み込む三瓶の様子に、二人の関係性がなんとなくうかがえた野乃子はついくすりと笑ってしまった。

そこへ一人の店員がお水の継ぎ足しに現れる。

「お水お注ぎしますね」

「あ、すみません。この子にも何か」

空いたグラスに水が注がれていく中、女性店員と三瓶の腕が触れた。その瞬間、小さく悲鳴を上げた女性は、持っていたグラスを投げ出す形で手を引っ込める。

「嫌ッ」

当然グラスが宙に浮かぶはずもなく、重力のまま落下したそれによって三瓶は胸元からズボンまで水浸しになってしまう。

「すみません!!」

真っ青になった女性はフキンを手に取ったものの、渡すことさえ躊躇われるという様子で立ち尽くしている。困惑と嫌悪の混ざった眼差しに、三瓶どころか野乃子でさえ絶句した。

その後は店長らしき男性が平謝りで現れたが、居合わせた他の客の視線に耐えられず、三瓶と野乃子は逃げるようにカフェを出た。

「………ね」

公園のベンチに深く腰かけた三瓶の疲れきった一言に、野乃子も頷く。

最近女性に嫌われると言った彼の言葉は、まさしく言葉の通りだった。

「もしかして何かの祟りかも、ってこの前お祓いに行ったんだけど、鼻で笑われて追い返されちゃって……お手上げだよ」

容姿が整っているだけにひやかしだと思われたのかもしれない。

まるで初めて妖痕を受けた自分のようだ、と野乃子はいっそう彼を不憫に思った。

「俺、物心ついた時には父親しかいなくてさ。いつか大事な人と、家族になるのが夢だったんだけど……この調子だと、もう無理かもな」

「三瓶さん……」

野乃子がかける言葉を探していると、三瓶はにっと口角を上げて立ち上がった。

「なんて、愚痴ってごめんね。野乃子ちゃんお家どこだっけ？ 暗いし送るよ」

茅島は関わるなと言っていたが、家族が欲しいと願う三瓶はもう野乃子にとって見ないふりのできる相手ではない。

「――三瓶さん、手紙を、持ってますよね」

意を決して口を開くと、三瓶はきょとんとした。

「手紙？」

「何が書いてあるのか分からない、落書きのようで、でも手放せない大切な手紙」

その目がみるみる驚きに染まっていくのを見つめながら、野乃子は覚悟を決める。

自分一人で、彼を助けるのだ。茅島の力を借りずに。

緊張で痛いほど跳ねる心臓を、野乃子は服の上からぎゅっと押さえた。


「あれ。あの子は？」

土曜。昼も近くなった頃にのっそりと起き出した茅島は、いつも飛んでくる小言が今日はないことに気付き、茂野に尋ねた。

「今日はお休みですよ」

寝覚めのコーヒーを差し出した茂野がそう答える。

「休み？　最近は土日も暇だからって来てたじゃないか」

「なんでも期末テストの勉強があるそうです」

「期末テストね……」

茅島はすっと目を細める。

「逃げたな」

近頃の野乃子ははっきり言って挙動不審だった。確実に何かを隠している。しかし自分がそれを隠しきれていないことも薄々分かっているようで、茅島に聞き出される前に茂野に休みの連絡を入れたのだろう。

そこまで隠されるとなると、茅島にも大体その内容が摑めてくる。

こここん、こん。

ガラスの引き戸が微振動し、茅島はそちらに視線を向けた。

戸を開けた茂野は、腰をかがめて地面に置いてある竹のかごを持ち上げる。「お中元」の紙と一緒にそこには夏野菜がごろごろ積まれていた。

「ごんぎつねでしょうか」

「……猫だな」

茅島は不機嫌そうに言うと、少し出てくる、と言って足早に敷居(しきい)を跨いだ。

「で。何の用」

店の外に出た茅島は、ガードレールに寄りかかってぶっきらぼうに尋ねた。

「僕とお前は友達じゃないんだ。気軽に遊びに来ないでくれる？」

急な来客は雅な着物に袖を通した麗人。猫魈（猫妖怪の総元締め）の糸菊である。

彼は自慢の煙管から口を離し、やれやれと肩をすくめた。

「ツレねェことばっか言いやがってよう。俺はお前じゃなくてのん子ちゃんに会いに来てんの。あとあの野菜は礼な。同属が世話ンなったからよ」

にこにこ穏やかに言う糸菊に訝しげな目を向ける茅島。

礼など、そんな殊勝なことをする奴ではない。何か企んでいるのは明らかだ。

茅島の懐疑的な眼差しを受けても、糸菊の飄々とした態度は変わらない。ぽかぁ、と口を開いて間抜けな顔で紫煙を吐き出している。

「あの子はいない。学生らしくお勉強だ」

「フゥン。お勉強ねェ」

ニヤニヤと妙な含みを持たせた言い方に、茅島は眉をひそめる。

「じゃあ、噂のあの子は、やっぱりのん子かァ」

「噂？」

「山の連中が話してたんだよ。妖怪も立ち寄らねェあの橋に、最近妙な子がうろついてるって。その子の持ってンのはあの橋姫の『遺書』だそうだぜ」

茅島は今月最大のため息を吐いた。

（――やっぱり。あれだけ関わるなって言ったのに、結局首を突っ込んだな）

ある意味想定内だが、確信を得たとなれば面倒ごとになる前に止めさせなければ。

そう思い一歩踏み出した足を、しかし茅島は次の瞬間には方向転換させた。

「あり。探しに行かないの？」

「……何で僕がいちいち面倒見てあげなきゃいけないんだ。忠告を無視したのは彼女だ。少しは痛い目を見て学べばいい」

お前も余計なこと言いに行くなよ、と言い置いて、茅島はずかずか店へ戻ってしまった。残された糸菊はしばらく呆け、やがてフハッ、と噴き出した。

「あいつ、のん子のおかげでどんどん人間臭くなるなァ！」

愉快愉快、と小躍りまでする有様（ありさま）だ。彼の近頃の楽しみは、もっぱら野乃子に振り回される鼻持ちならない骨董屋の店主を眺めることなのである。野菜は拝観料だ。

「もっと楽しませてくれよなァ、のん子ちゃん」

嬉々として呟く糸菊が木陰に気配を消したのと同じころ、城戸釜町郵便局の裏手で、渦中の少女は頭を抱えて唸っていた。

「正直、舐めてたかも……」

茅島の手助けなしでも『遺書』を読むことくらいわけないと思っていたのだ。

しかし野乃子を待ち受けていたのは、これまでの『遺書』とは全く異なる難解な文面——。

いとしや いとしや ほたるのこ
けして はたせぬことならば
さんぺ にぎりて
わがことのはとせん

野乃子はどちらかといえば勉強が得意だ。

優等生を志さなくなった後も、テストで上位を逃したことはない。

しかしこの『遺書』は古文調の言い回しもさることながら、単語と単語の繋がりが滅裂で意味が通らない。ほたるは、あの蛍だろうか。さんぺは、三瓶の愛称だと思うが、それなら握るとはどういうことか。わがことのはとせん、は最早どこで区切っていいのかも分からない。

「どうしよう……『遺書』を預かった日から一つも進展がないなんて……！　やっぱり茅島さんに聞いておけば」

「野乃子ちゃん」

頬にヒヤリと冷たい何かが当たり、野乃子は驚いて飛び上がった。顔を上げると、アイスを片手に笑う三瓶の姿がある。

「ごめんね、お待たせ」

野乃子は困り顔で礼を告げ、ひとまず、差し出されたアイスを受け取った。

郵便局の裏手には唐草山に登るための登山道の入り口がある。

その間には小川が流れており、これまではそこに石橋がかかっていた。野乃子も〝隠れ岬〟に向かうために何度も利用した橋だ。

「連絡貰って驚いたよ。しばらく来ないうちに橋がそんなことになってたなんて」

「先週の台風で倒木の下敷きになっちゃったらしいんです。今はもう影も形も……」

三瓶は設置されたばかりらしい真っ赤なカラーコーンの向こうへ顔を覗かせた。

野乃子も横に並んで土手を覗き込む。

五メートルほど下に橋の残骸が重なり合っていた。倒木と大きな瓦礫は撤去されたようだが、小川の水を遮らない程度のものは未だ放置されている。

「三瓶さんが『遺書』を見つけたのもこのあたりなんですよね？」

「そう、二週間くらい前かな。まさか『妖怪の遺書』だとは思わなかったけど」

軽やかに笑う三瓶。

彼が野乃子の話をあっさり信じてくれたのは意外だった。紫代もそうだが、最近は幽霊や妖怪への理解が深いのだろうか。

「もしかしてここにも何かいるの？」

声を潜めてあたりをうかがう三瓶に、野乃子はゆるゆると首を振った。

「……探したんですけど見つけられなくて」

茅島の行動を真似て、野乃子は昨日事情を知っていそうな妖怪をこの近辺で探し回った。しかしどこからか視線を感じたり、木の葉擦れのような笑い声が聞こえることはあっても、姿を見かけることはなかったのである。

ため息をついて視線を落とした野乃子は、あれっ、と穏やかな川の流れの中に目を凝らす。重なる瓦礫の一つに何か文字が記されている。

「三瓶さん、ちょっと待っててください！」

「え？　あっ！　こら、野乃子ちゃん！」

野乃子は土手を降りきると、ゆるやかに流れる小川に腕を差し込んだ。この真夏日でも流れる水は驚くほど冷たい。瓦礫を掴む。意外と重い。本腰を入れようとすると、二本の腕がそれを助けた。どうやら三瓶も降りて来てくれたらしい。

「横面の文字が見たいの？」

「はい」

「じゃあ、持ち上げるのは無理だから、手前に引こう。足を下敷きにしないように」

二人で力をこめると、水しぶきを立てて石が転がった。

六十センチほどのいびつな形の石。そこには御守橋（おまもりばし）、と文字が刻まれている。

「橋名板（きょうめいばん）かな。かなり古い」

彫られた文字はずいぶん擦り減っており、石自体もほとんど苔（こけ）に覆われている。

もっとよく見ようと野乃子が身を乗り出した時だ。

ヒュッ、と音を立てて、黒い何かが二人の間に飛んできた。

「うわっ」声を上げた三瓶を見ると、彼の膝にべっとり黒いものがへばりついている――。泥団子だ。一つ、二つ、と狙いすましたように飛んでくる泥団子に、野乃子たちは慌てて逃げ出した。

「三瓶さん、大丈夫ですか⁉」

道路まで出ると、さすがに泥が飛んでくる気配はない。

「平気平気。でもびっくりしたなぁ！　このへん猿出るって聞くし、いたずらかも。ちょっと待ってて。今軽く洗ってくるから」

と三瓶が郵便局の中へ入っていったのを見届け、一人になった野乃子はこっそりと土手の傍に戻った。青い風に揺れる山に向かって直立する。

少し離れた所に子供が立っていた。

日に焼けた肌に、目が三つ、鼻はなく、大きな口からギザギザした歯がのぞく。人ではない。三瓶にも見えていなかった。

「………どうして、泥団子を投げたの」

声が届く距離まで近付き、野乃子は小さく尋ねる。情けないほど震えた声が出たのは、自分から妖怪に話しかけるのが初めてだったからだ。

どきどきしながら待っていると、子供は野乃子の問いかけから間をおいて、風の鳴る音の隙間に答えた。

「はしひめさまの匂い」

それは野乃子と同じくらい寄る辺ない声だった。

「おまえからする」

「あのかたの匂い」

「おまえは、おまえなんか、はしひめさまではないのに」

それがあまりに泣くのをこらえているように聞こえて、野乃子はそろそろと三つ目の子供に近付いた。橋のたもとまで戻ると背負っていたリュックを下ろし、中に入れていた『妖怪の遺書』を取り出す。

「……私、これを持っているの。このせいかな？」

次の瞬間には子供は野乃子の前にいて、冷え切った両手で野乃子の手ごと下へ引き下ろした。突然のことに驚いて引っ込めてしまいそうになる手をぐっとこらえ、されるがままになる。

三つ目の子供は『遺書』には触れず、自分の顔の傍へ近付けてクンクン嗅いだ。嗅いで、とうとう大粒の涙をこぼした。

野乃子の中に、もう子供を恐れる気持ちはない。

持っていたタオルを差し出すと、彼は自分の腰巻にしていたボロ布をはいで代わりにそれを巻き付けた。そうじゃないんだけどな……。とは言わずにおいた。

落ち着いてきた彼に名前を尋ねると、せこ、とだけ返ってきた。

それが名前なのか猫又や付喪神のような種名なのかは分からなかったが、彼は野乃子を「にんげん」と呼んだので、きっと後者だろう。

せこは自分の腕で涙をぬぐうと、さっきよりもいくぶんはっきりした声で告げた。

「その『たくしぶみ』をあのひとにかえせ」

「託し文……この『遺書』のこと？　これは、はしひめ、という人が書いたの？　あのひとって、三瓶さん？」

せこは答えるかわりに、三つの目で野乃子の瞳をのぞいた。

人の世にある穢れなど一つも混ざり込まない、まっさらな純粋さがそこにはあった。

澄んだ川底のような目だ。

「――あのひとだ。あのひとを、はしひめさまはずっと見ていた」

「野乃子ちゃん？」

肩を叩かれて我に返る。

振り返ると、ハンカチを持った三瓶が驚いた顔で野乃子を見つめていた。

「どうかした？　また何かいた？」

野乃子はもう一度せこがいた場所を見たが、そこに既にせこの姿はない。でも、例えばそこにまだ彼がいたって、三瓶にその姿は視えないのだ。

野乃子は無性に茅島に会いたくなった。

ずっと彼が傍にいたせいで気付かなかった。同じものを視ていないというのは、こんなにも不安で、頼りないものなのだということを。

「……野乃子ちゃん」

小さな絶望が波のように押し寄せる中で、野乃子の頭上に手のひらが乗った。

顔を上げると三瓶の優しげな笑顔とかちあう。

「ちょっと休憩しようか」

郵便局の前には質素な造りのバス停がある。

三瓶と野乃子はそこに腰かけ、サイダーの缶を傾けた。

「それにしても、あの橋はちょっと残念だったな。高校の頃親父(おやじ)に教えてもらった場所なんだよ」

「お父さんに？」

そういえば野乃子も気になっていたことがある。

「この橋に何か思い入れがあるんですか？　唐草山はずいぶん前から立ち入り禁止だ

し、特別有名な逸話がある場所じゃないのに」

野乃子が尋ねると、三瓶はしたり顔になって、秘密だぞと囁いた。

「夕方を少し過ぎると、ここの小川に蛍が出るんだ」

「蛍？」

「橋に座ってこんなふうに足を投げ出すと爪先にとまったりしてさ」

それはさぞロマンチックな光景だろうな、とうっとりした野乃子は、一拍置いて立ち上がった。

「蛍!!」

ほたる。ほたる。蛍の子！

「三瓶さん、もしかしてよく橋に来てましたか？『遺書』を拾った日以外にも？」

「え？　うん、まあ夏は、そうだね……」

野乃子の勢いに圧(お)されたのか、三瓶がしどろもどろに答える。

「たしか前に、さんぺーって呼ばれてるんだって言ってましたけど、そう呼ぶ人とここに来たことはありますか!?　たとえば友達や、恋人と」

三瓶はこれにも何度か頷いた。

「彼女と、何度か」

やはりそうだ。

御守橋は、あの橋を守る何かの存在を示していた。

そしてそれはきっと、せこの言っていたハシヒメなのだろう。

「——あのひとだ。あのひとを、はしひめさまはずっと見ていた」

あのひと。愛しい蛍の子。

これらが指すのが三瓶のことなら、『遺書』を書いた妖怪——ハシヒメの未練も見えてくる。確証を得るために向かうべき場所は一つだ。

「三瓶さん！　図書館です！」

未だにちんぷんかんぷんな三瓶を連れ、野乃子は図書館へと駆け出した。

「茅島」

せわしなく店内を行ったり来たりする店主に、茂野はため息交じりに声をかける。

「そんなに気になるなら迎えに行って差し上げればよろしいのに」

「何の話？」

「野乃子さんの話です」

彼女が三瓶と共に未練の解決に奮戦しているらしいというのは、糸菊に聞かされた傍から茅島が愚痴ったので茂野も知っていた。

「いい加減心配なのでしょう」

「心配？　何で。何が。全く心配じゃないけど」

　このやりとりももう数度目になる。

「三瓶さんが『遺書』のせいで困っていると分かった時点で、野乃子さんが放っておけないのは分かっていたではありませんか」

「そう、それなんだよ、それそれ」茅島がぐっと顔をしかめる。「あの子は道徳の教科書に取り憑かれてる。他者の為（ため）に身を削りすぎ。善人すぎ。うちのコンセプトと全く合わない」

「おや。『ロマンス堂』にコンセプトが？」

「あるとも。うちは徹底的な利己的／排他主義／骨董品屋だ。今日からそうする。店の商品に価値を見出せる客以外はまず店に入れない」

「では、店の名前も変えねばなりませんね」

　グラスを磨く手を止めずに答える茂野に、茅島はようやく口を結んだ。

「冒険（ぼうけん）的で抒情（じょじょう）的な、時の旅をしてもらうのだと、いつだったかどなたかに聞いた気がしたのですが」

「……さあ。酔っぱらいの戯言じゃない？　僕は知らない」

フンと鼻を鳴らし、茅島は続ける。

「なんにせよこっちからあの子を助けてやる気はない。たかが視える、読めるだけの非力さをしかと噛み締め、万策尽きて頼み込んでくるがいいさ」

やれやれと茂野が首を振ったところで、茅島が不意に入り口のほうへ振り返った。

「噂をすればだ！」

嬉々としてカウンターの内側に回り、茂野の足元に身を潜める茅島。入り口のガラス戸の向こうに少女の影が見えた。

「どうして隠れる必要が？」

「すんなり頼まれてやる気が皆無だから」

近頃の茅島が些か子供っぽすぎると感じるのは、きっと気のせいではないはずだ。

「茂野さん、こんにちは！」

店内に入ってきた野乃子が茂野を見つけて駆け寄ってくる。汗ばんだ額を拭いながら、野乃子は店内をきょろきょろと見回した。

「茅島ですか？　今は、ええ、ちょっと外しておりまして……」

茂野に珍しく口ごもっていることに気付かず、野乃子は「よかった！」と肩を下ろす。人がいなくてよかったとは何事か。と、カウンターの下で眉をひそめるのは茅島である。

「実は今、茅島さんに内緒で三瓶さんの妖痕を解く手伝いをしてるんです」

「それはそれは……」

「色々と調べものをした結果、『遺書』の持ち主が橋姫という妖怪であることと、彼女が三瓶さんに恋をしていたことが分かりました！」

へえ、と茅島は内心で小さく舌を巻いた。正直野乃子が橋姫にまで辿り着けるとは思っていなかった。なんとなく面白くない。

「三瓶さん、これ！」

あの後すぐに図書館に駆け込んだ野乃子と三瓶は、そこでようやく『橋姫』の名前に行き着いたのだ。それは『平家物語』の一節の中にあった。

「〝宇治(うじ)の橋姫(はしひめ)〟？」

嵯峨天皇(さがてんのう)の時世の話である。

とある公家(くげ)の娘が、嫉妬に囚われ、貴船神社(きふねじんじゃ)にこもって明神に祈った。

「貴船大明神(きふねだいみょうじん)よ。私を生きながら鬼に変えてください。ある女を取り殺したいのです」

　切なる願いに、明神は女を哀れと思い、

「本当に鬼になりたければ、姿を変えて宇治川に二十一日間浸かりなさい」

　そう言った。

　女は全身を真っ赤に染め、鉄輪を逆さに頭にのせて三本の松明を灯し、口の両端に火をくわえ、鬼のようないでたちで川に浸かったという。

　そして生きながら鬼になった。

「橋姫はその後、妬んでいた女とその親族、男までも祟り殺してしまったそうです」

　顔を上げると、三瓶はすっかり青ざめてしまっている。

　野乃子は慌てて補足した。

「ああ、大丈夫ですよ！　今のは宇治の橋姫の話ですから！　あの橋に棲んでいたのはおそらく別の妖怪です」

「そう、なんだ……？」ほっと三瓶の肩が下がる。

「それでも橋姫と呼ばれるからには、やはり橋に祀られる神様で、嫉妬に狂った女性の側面も併せ持っていたはず――。これを見てください」

　野乃子は三瓶にも分かるよう、『遺書』の内容を別の紙に書き起こした。

いとしや　いとしや　ほたるのこ　↓愛しい愛しい蛍の子
けして　はたせぬことならば　↓どうせ果たせない想いならば
さんぺ　にぎりて　↓あなたと縁を結んで
わがことのはとせん　↓私のコトノハにしてしまおう？

三瓶は首を傾げる。

「ここの〝にぎりて〟の意訳が〝結ぶ〟になるのは？」

野乃子は得意げな顔になった。

思い返すのは先日。茂野が作ったおにぎりを見て茅島が語ったうんちくだ。

「おにぎりはおむすびとも言うでしょう？　これは古事記に登場する神産巣日神（かみむすびのかみ）に由来しているそうなんです。お米を握ることで、そこに宿る神様とご縁を結ぶとか」

「なるほど、だからにぎる＝結ぶか！」

おもしろいな、と三瓶が唸る。しかし問題はこの最後の一文だ。

「たぶんそのまま、コトノハにする、だと思うんですけど、意味が分からなくて」

三瓶は顎の下に手を置いて考え込むと、やがて「もしかして、和歌のことじゃないかな」と口にした。

「和歌？」

「ほら。和歌のこと、言の葉を紡ぐ、とかって言ったりするだろ。それに前に日本民俗学の授業で習ったんだけど、言の葉って単語が含まれるのは、ほとんどが恋の和歌らしい」

「じゃあつまり、我が言の葉とせん、っていうのは――」

「……私と共に詠われる、恋の和歌となれ、とか？」

やや気恥ずかしそうに言った三瓶。一方の野乃子は、湧き上がる興奮を噛み締めるのに必死だった。

『妖怪の遺書』と妖痕は繋がっている。つまり、橋姫の未練が恋を成就させられなかったことだとすると、三瓶に嫌悪感を抱く女性たちの本当の想いはきっと――。

「三瓶さん、これから、デートしませんか」

「えっ」

「もちろん、橋姫と」

かくして、三瓶と一時別れた野乃子は『ロマンス堂』に駆け戻ったわけである。

「この前の藁人形を借りたいんです」

「藁人形、というと茅島が作ったあの？」

野乃子はもう一度大きく頷く。

彼はあの藁人形について、これはまだ何も入っていない形代で、形代とは、神霊を依り憑かせるために入りやすくされた入れものなのだと言った。

「『妖怪の遺書』に込められた魂の欠片と、入れものの形代。この二つを使えば、橋姫を呼び戻せるかもしれない」

「しかし、危険なのでは……。茅島の手助けが必要なのではありませんか？」

「大丈夫です！」

きっぱり言う野乃子。カウンター下で、茅島の機嫌はもはや目も当てられない。

ここはもうはっきりさせたほうがいい、と茂野は早々に核心をつくことにした。

「野乃子さん。もしかして彼に恋をされましたか」

ぎょっと顔を上げた茅島。野乃子もまた目を丸めて口をつぐんでいる。当然茂野に野乃子をからかおうという気持ちは微塵（みじん）もない。若者は青春を謳歌（おうか）して然るべきだ。

彼女が三瓶に恋心を抱いたというなら、茅島を間に入れるのは得策ではないのだ。

下手をすれば野乃子からの心証が地の底まで転がり落ち、この店から足が遠のいてしまう。それだけはいけない――。と茂野は思う。

彼女はほんの少し前まで怪異とは無縁のただの少女だった。だからこそ、この店や茅島の存在は、野乃子の身を危険から守るためにどうしても必要なのである。

「……分かりません」

真面目な茂野の表情を受け、少し考えた野乃子が答えた。

「郵便局で三瓶さんに肩を叩かれた時、急に、背中がざわわしたんです」

あまりに一瞬のことだったので何の反応もできなかったが、その違和感は図書館で額を突き合わせている時も、たしかに野乃子の肌を駆け抜けた。

「橋姫が三瓶さんに恋をしてたなら、女に嫉妬するという特性上、彼を嫌うのは彼に好意を抱く人物――なのかもしれません……」

つまり野乃子本人も、自分の想いにまだ確証がないということだ。

「でも違いますからね！」と野乃子は必死の形相で言った。

「三瓶さんと二人きりがいいから、茅島さんに秘密にしてほしいわけじゃないんです！　私は、ただ」

急に歯切れが悪くなった野乃子の言葉を、茂野は頷いて待つ。

野乃子は今一度店内を見回し、そのうちに小さく小さく声を抑えて、言った。

「ただいまって、言いたいだけなんです」

「………ただいま？」

思いがけない言葉に、茂野の返答はオウム返しになってしまった。

野乃子の顔がみるみる赤く染まっていく。

「だって茅島さん、私がお店に来るとおかえりって……茂野さんも！　もちろん特に意味はないって分かってるんですけど、私、ここ最近お店で掃除くらいしかやってないんですよ⁉　鑑定(かんてい)も仲介(ちゅうかい)もできないし、これまでの『遺書』集めだって茅島さんにくっついてただけで……だから、つまり……」

真っ赤な顔で懸命に話す野乃子の姿に、茂野の頬はすっかり緩んでしまった。

茂野が時折「視えない」ことを不甲斐なく思うように、彼女は彼女で、自分の仕事振りに思うところがあったらしい。

つまり野乃子は、茅島の手助けなしに仕事を完遂させたいのである。

「私も『ロマンス堂』の一員です。だから、おかえりって言われたら、ただいまって胸を張って言えるくらいの仕事がしたいんです！」

そういうわけでどうか見逃してください！　と手を合わせた野乃子は、行き先だけ告げ、藁人形を手に逃げるようにして店を出て行ってしまった。

店内の古い壁時計が三度鳴り、生ぬるい潮風が店を吹き抜けていく。

さて、と茂野は声を発した。

「どうしましょうね。茅島」

「どうするって何が」

カウンターの下から何事もなかったように茅島が現れた。口調は平静を装いつつもちっとも目が合わないのは、悟られたくない何かが顔に出ているからかもしれない。

「しかしデートの行き先が商店街ってのはあまりに色気がなさすぎるな。どうせあの子の発案だろうけど。こんな暑い日に人ごみの中を歩き回るのも僕なら絶対無理。あ、でもそういえば水出し用のコーヒー豆が切れてたっけ。そろそろ新しい種類を試してみてもいいな。あと――」

先の展望が見え始め、茂野はうきうきと外出の準備を始めた。

家族連れやカップルで賑わう商店街の、女性人気が高いと噂のブティックの一角で野乃子は俯いていた。

目の前には、爽やかな笑顔で野乃子に花柄のワンピースをあてがう三瓶の姿がある。

「思った通りすごい似合ってる。可愛いよ。――ハシヒメちゃん」

「……ぐぅっ」

三瓶から歯の浮くようなセリフを進行形で浴びせられているのには理由がある。

遡ること一時間前。野乃子は三瓶に、『遺書』とひとつなぎにした藁人形を差し出していた。

「三瓶さんには今からこれを橋姫さんと思ってデートをしてもらいます」

「ちょっと一回待って？」

これにはさすがの三瓶もストップを入れた。

「これ、俺がソレに向かって話しかけたり向かいに座らせたりするってこと？　さすがに怖すぎるっていうか、絵面もヤバいし、通報されちゃうんじゃない？」

「でも橋姫の未練を叶えるためにはそれなりに恋愛を演出しないと……」

「……分かった。じゃあこういうのは？」

野乃子のシャツの胸ポケットに、顔だけのぞかせる形で藁人形が差し込まれる。

「野乃子ちゃんは話さなくていいし、何もしなくていい。僕が話しかけるのは橋姫さんだけ！　だから、ね。せめて、一緒に歩いてくれ」

必死な様子の三瓶に、野乃子もしぶしぶ了承する。

かくして野乃子は「橋姫様置き場」となったわけだが、これが想像以上に恥ずかしいというのは、時置かずして気付いた。

「三瓶さん……」

野乃子は現在空気である。極力声を抑え、自分（橋姫）のためにアクセサリーを手に取り眺める三瓶を呼ぶ。

「三瓶さんって、その、あんな恥ずかしいことを言うんですか？　恋人さんに」

「恥ずかしい？」

どうして伝わらないのだ。これが高校生と大学生の差だろうか、と野乃子は歯の隙間から絞り出すようにして尋ねた。

「かわいいとか、そういうの……」

頭の先まで赤くなっている自信がある。

「付き合ってたら普通だと思うけど。あれっ、もしかして野乃子ちゃん……」

「……」

野乃子の沈黙に正確な返答を見つけたらしい。申し訳なさそうに鼻先をかいて、三瓶は言った。

「そっか、高校生だもんな。もうちょっと控えめに褒めることにする」

「大丈夫デス。デートしてるのは橋姫さんなので」

正直これまで恋人などいたこともない恋愛初心者の野乃子にとって、甘いマスクでとろけるような台詞を吐く三瓶とのデートは心臓に悪い。しかしやるといったのは自分なので文句は言えない。時を経るごとに謎の悪寒に苛まれていくのにも、今は気付かないことにする。

「……あ。でも私と並んでる時、本屋の彼女さんを見かけたら言ってくださいね」

「え？　どうして？」

きょとんとする三瓶に野乃子は呆れた。茅島よりは女性への気遣いができそうだと思ったが、もしかすると乙女心への配慮はどっこいどっこいかもしれない。それとも復縁するのはもう諦めてしまったのだろうか。

野乃子の呆れ顔をなんと取ったのか、三瓶が小さく笑った。

「大丈夫。今はちゃんと君だけ見るから」

さらりとすくわれた右手を、野乃子は咄嗟に跳ねのけた。これまでの比にならないほど強烈な嫌悪感が全身を駆け抜けたためだ。

三瓶の目が軽く見開かれる。

「——手は！　緊張するので！」

失態をごまかすように服の袖をつかめば、三瓶は何か言いたげにしたものの、結局そうだねと笑って歩き始めた。

浅く息をついた野乃子もそれに続く。

そんな青春さながらのムードを醸し出す二人を、数メートル離れた紳士洋品店から覗き見る影がある。茅島である。

「茂野。茂野。見てくれ」

既に両腕に今日の戦利品をいくつも携えた茂野は、新しいデザインのハットを試着して店員から熱烈な賛辞を浴びている。

「ええ、見ておりますとも。仲睦(なかむつ)まじいですね」

「違う。見てほしいのは僕の口だ。たぶん砂糖を吐いている」

「吐いておりません」

「いいや。絶対吐いてる。何なんだあれ。糸菊でももう少しマシな距離の詰め方をするぞ。あいつは、色ボケ妖怪以下だ」

買いたてのハンチングを目深にかぶり直し、茅島は彼曰(いわ)く砂糖を吐き続ける口から呪詛(じゅそ)のごとき文句を連ねた。そこへ満足のいく買い物を終えた茂野が合流する。

「ところで、妖怪を人形に見立て切願を果たすというのは、実際のところ可能なのですか？」

「可能だよ」茅島は彼らから視線は離さず短く答えた。

「依り代への降霊は人ならざるものへの干渉方法としては最もポピュラーだ。現代でも〝こっくりさん〟とか〝ひとりかくれんぼ〟とか、色々あるだろ？」

茂野は意外に思った。茅島ほどその界隈に精通した人間にとってはこっくりさんなどの俗な降霊術はままごと程度の認識だと思っていたのだ。

茂野の考えを汲み取ったのか、振り返った茅島は肩をすくめる。

「全部本物だよ。というよりまず偽物がない。降ろすための必須条件があるだけ」

「必須条件？」

「器と、縁と、導き手さ」

縁は深いほど繋ぎやすく、導き手は素質があるほど呼びやすい。器に関しては仮家となる建前上、入れるものに合わせるのが鉄則だ。つまり禍々しきものを降ろすならば穢れ多き入れものを。神を宿したければ神聖なものを。

「橋姫は橋を守る女神だと聞きます。藁人形に入ってくれるでしょうか」

「丑の刻参りのイメージが定着してるだけで、藁人形自体が悪いわけじゃない。それどころか日本人は太古の昔から稲穂に最大限の敬意を払ってるし、アレだって今年収穫された新しい藁をわざわざ――」

茅島がぶつっと言葉を切ったのは、必要ない部分まで話し過ぎたせいだろう。

どうやら彼は彼なりに愛弟子の身を案じていたらしい。真新しい藁をどこからか取り寄せて、人形を編むくらいには。

もちろん、それと茅島がいつまでも尾行まがいな行為を続けていられるかは別問題である。

「――帰る」

可愛らしい雑貨屋とアイスクリーム屋を経由した二人が、ペットショップの前で和気あいあいとしている中、とうとう茅島は言った。寝起きのシマヘビのような顔で。

「どちらへ？」

帰るという茅島に行き先を尋ねた茂野はさすがである。

「……本屋。三瓶の元恋人に会いに行く。その他大勢に嫌われても、彼女とヨリさえ戻せればあいつだって問題ないだろ」

「しかし、どうやって」

「要は、奴の境遇を彼女に信じさせればいい。視えない奴に、ないものをあると信じ込ませるのなんか簡単さ」

すっかり据わりきった目で言い、踵(きびす)を返す茅島。

きっと何らかの際どいやり方を用いるつもりなのだろう。

店主が法に触れないよう見張るのも茂野の役目だ。

茂野は後ろ髪引かれる思いで二人から目を離し、茅島に続いて商店街の端にある本屋へと向かう。

しかし、訪れた先で出会った彼の恋人は、想像以上に難しかった。

「――ミヘイユウジ？　そんな人間知りませんけど」

ポニーテールの女性は快活とした営業スマイルでそう言った。

前髪の隙間には彼が話していた通りの傷跡がある。

胸元には〝柳舞子(やなぎまいこ)〟と書かれた名札が留めてあった。

「知らない？」

「ええ。知りません。どこのゴミカス野郎のことですか」

これは相当根が深そうだ。茅島もまた面倒そうなのを隠そうともせずにこめかみをかいた。

「君と三瓶が恋人だったのは知ってる」

茅島が言うと柳は笑顔を消し、能面のような顔で手元の在庫表に視線を戻した。

「何なんですかアンタたち。あいつの友達？」

「違うけど」

「いえいえ、違いません。実は我々三瓶さんと仲良くさせていただいておりまして」

そこから茂野は、あくまで三瓶からは何も聞いていないこと、気落ちしている友人を見て力になりたく、かつて話を聞いていたあなたを訪ねたのだということを、絶妙に良心をくすぐる調子で伝えた。

「……すみませんけど、力にはなれないと思います」

それまではつっけんどんだった柳も、茂野の言葉にやや態度を軟化させる。

「私と三瓶は話し合いの上、合意で別れたんです。彼が今気落ちしているのだとしてもその原因は私じゃない。だって私もあいつも、とっくに心は離れてたし」

「だけどそれ、見えないものの話だろ」

茂野はその瞬間、本屋も、商店街も、全てが一瞬のうちに夜に呑(の)まれたように錯覚した。茅島がしたりと微笑んだからだ。

強気な柳の表情が、徐々に不安げに色を変えていく。

「あると思った時に輪郭を得、ないと思った瞬間にこの世から消え失せる。あいつらと同じ。不確かで曖昧。だから気付かなかったんだ」

「……気付かないって、何に」

よく分からないと一言で突き返すこともできる問いかけに、柳は応じた。彼女はとっくにのまれているから。

店主が法に触れるか否か、そんな心配は杞憂だったと茂野は改めて理解する。

「君は思い出せないはずだ」

茅島が触れるのはいつだって人の心の核だけだ。それは彼がただ尋ねるだけで、簡単に揺らぎ、所在を失ってしまう。

「君が抱いた三瓶優史への想いが、いつ消えたか——。誰に奪われたか。何も」

柳の息をのむ音が聞こえる。

彼女の瞳が涙に滲み始めるのにそう時はかからなかった。茅島の言葉をきっかけに、人知れず打ち消された恋心を思い出したのだろう。茂野もそう思った。

わっと泣き伏せた柳の言葉を聞く瞬間までは。

「思い出せないわけないでしょ!?」

突然の怒鳴り声。そこからは、堰を切ったようだった。

「私が子供の時からずっと、ずうっと大切にしてた場所で、あんな残酷な振られ方して、忘れられるわけないじゃない!! あの野郎、あの最低最悪のクズ野郎!!」

「……ちょっと待って。あれ。変だな」

ペースを崩された茅島が柳を制し、今一度聞く。

「君が、アイツを振ったんだろ？」

違うわよ！ 柳が再度怒鳴った。

「私が、あいつに振られたのよ!!」


「ええ、野乃子さん。はい。はい……商店街のカフェに、はい」

通話相手に場所を説明する茂野の横で、茅島は魂さえ流れ出てしまいそうなほど深いため息をついた。迂闊。まさしくその一言に尽きる。

あの後、むせび泣く柳を店長に引き渡し、本屋の向かいにあるカフェに場所を移した茅島と茂野。野乃子との通話を終えたらしい茂野が茅島の隣に腰かける。

「ちょうど今食事が終わったそうなので、ここへ寄ってもらうことになりました。三瓶さんも一緒でしたので、怪しまれないためにあの話はまだ伝えておりません」

「──茂野」

　茅島の面差しは、百年海底をさ迷った亡霊のように暗澹としていた。

「僕は一体いつからこんな間抜けになったんだ？」

「それは言っても仕方のないことでしょう」

　柳の話によって、茅島たちは三瓶優史という人間を改めて知ることとなった。

「まさか三瓶さんが、ルックスと類稀なる口説きのセンスで女性をたらしこむプロだったなんて……第一印象からは見抜けないものですね」

「僕は見抜いてたはずなんだけどね。あの子のせいで結局巻き込まれたわけだ」

　片親というのも周囲の同情を得るための嘘で、実際はかなり裕福な家の次男坊だそうだ。現在は大学に通いながら、あちこちにいる彼女たちの家に転がり込んでは遊び暮らしているらしい。

「あいつ、私との結婚考えてるって言ってたからあの場所に連れてったのに、あろうことか別の女とのデートスポットに使うなんて！　その場で殴ってやればよかったのに、私ショックで一言も……っ」

　つまり、柳もまた誑かされた女の一人だったというわけだ。

　つまり野乃子が三瓶から聞いた、橋にまつわる父親との思い出は全て、彼女と彼女の父親のものだったことになる。

「女性の恋心を弄（もてあそ）ぶとは、紳士の風上にも置けませんね」

「そんな男の戯言にまんまと騙されたのも腹立たしいけど、それより落ち込むべきは俄然（がぜん）こっちだよ。こっち」

茅島は手元に置かれた一枚のナプキンをバンバン叩いた。

そこには、茂野がついさっき野乃子から電話越しに伝え聞いた『遺書』の内容——原文の走り書きがある。

いとしや　いとしや　ほたるのこ
けして　はたせぬことならば
さんぺ　にぎりて
わがことのはとせん

「あれだけ、言葉をそのまま受け取るなと言ったのにな」

眉をきつくひそめたのは、自分ともあろう人間が、野乃子の意訳をそのまま額面通りに受け取ってしまったせいだ。

「これは恋文じゃない。ついでに言うと三瓶宛てでもない。最悪だろ？」

「どういう意味ですか？」

驚く茂野に、茅島は淡々と文字を追って説明する。

「まず、このほたるは〝蛍（ほたる）〟じゃなく〝火垂（ほた）る〟だ。火を照らし夜警する者。警察、警備。この町で言うなら、駐在かな」

「では、この遺書は……」

「三瓶優史じゃなく、駐在の父親を持つ柳舞子に宛てられたものさ」

茂野は意外すぎる名前に目を点にした。

「妖怪の遺書は、本人以外が手にすることもできるのですか？」

「介（かい）するだけならね。だからあの『遺書』もいつかは結局柳の手に渡ったろうな」

それだけで既に驚きだったが、問題はこの先らしい。

「この遺書には山言葉（やまことば）が混ざってる。このサンペってのも、最後の一文もそう」

「山言葉というと、熊をイタズと呼んだり、犬をセタと呼んだりする……？」

茅島は首肯する。

危険の多い山で命のやり取りをするマタギたちが、厄を避けるために用いた言葉がそれである。

「橋姫の宿るあの橋は、実はもともと唐草山神社に通じる小川にかけられていたものだったんだ。平成初期ごろに古くて危険だからと壊されずに下へ移された。だからそれまでは、あの橋も地元住民たちにとっては〝山の神〟の一部だったんだよ」

茂野はなるほど、と自分の知識も引き出して納得した。

山の神は古くから醜い女神で嫉妬深いとされている。

同様の性質を持つ橋姫と存在が混合され、いつしかあの橋こそが山の神だと祀られるようになったのだろう。

それを知っていたから、茅島は野乃子の推測にさほど疑問を抱かなかった。嫉妬深い山の神が人の男との叶わぬ恋に焦がれるなど実にありがちな話だからだ。

しかし、遺書の対象者が男ではなく女となれば話は別である。

「話を遺書に戻す。かつて山の神として人々の信仰を欲しいままにしていた妖怪が今際の際に欲しがるものは何か」

「——供物、ですか？」

その通り。茅島が人差し指を茂野に向ける。

「その昔。マタギたちは獣を授かるためにこぞって山の女神の機嫌を取った。供物として最も好まれたのはオコゼだそうだ。美味いからじゃないぞ。自分より醜いのが好きなのさ」

オコゼは高級魚だが、一見するとゴツゴツとした珍妙な姿をしている。醜いと言えばたしかにそうなのかもしれない。

そこまで想像して、茂野ははっとした。

茅島が自分の額のあたりを斜めになぞる。

「柳舞子には幼少期に額に負った傷がある。橋姫が好みそうだと思わないか」

「……では、橋姫は彼女を供物に？」

「だがそんなのもちろん叶わない。もうこの時代には人身御供（ひとみごくう）の文化もなければ、橋姫には自分を信仰する人間もいなかった。だから呪った――どうせ捧（ささ）がれぬならせめて、と」

越後（えちご）のマタギは、滑落や猟の最中に死んだ人間を「山言葉になる」と言う。言葉そのものに厄が絡んで生まれた、独特の言い回しである。

「……まったく。こんなのの、どこが恋文だ」

茅島が新たなナプキンにさらさら綴った本当の意訳に、茂野は背筋が芯から冷えこむのを感じた。

愛しい　愛しい　火垂（ほた）るの子

どうせ叶わぬ供物(もの)ならば
心臓(さんぺ)をにぎって
山言葉(ころして)しまおうではないか

「いやぁ、これ拾ったのが本人だったらまず間違いなく持っていかれてただろうな。思いがけず復讐(ふくしゅう)果たせて彼女結構ラッキーだ」

からから笑う茅島の横で、難しい顔を崩さない茂野。

「どうかした？」

「……三瓶さんにかかっていた妖痕は、つまり無関係だったのでしょうか？」

「無関係ってことはない。託した相手と縁がある人間だから拾えたんだ。今回の場合は、橋姫の恨みと、柳舞子の恨みが共鳴したから、三瓶は『遺書』に触れることができた」

「それなら彼を避けるのは、彼に好意を抱く女性ではなく、彼が好意を抱く女性……なのではありませんか？」

たしかにそのほうが腑に落ちる。茅島が黙ると、二人の間には沈黙が落ちた。

——郵便局で三瓶さんに肩を叩かれた時、急に、背中がざわざわしたんです。

脳内に野乃子の言葉が浮かんだ時、茅島は潔く全ての表情を手放した。

「三瓶さん……離して、い、痛いです！」

野乃子が思いっきり腕を払うと、彼女の腕を掴んでいた三瓶がようやく足を止めた。

二人は既に商店街を抜け、人通りの少ない郵便局の近くまで差し掛かっている。

「急に走り出して……どうして茂野さんたちと合流しなかったんですか？」

赤くなった腕をさすりながら、野乃子は三瓶に尋ねた。その目にははっきりと不信感が浮かんでいる。

しかし振り返った三瓶は、あくまでいつも通りだった。

「ごめんごめん。けど、蛍を見たいって言ったのは野乃子ちゃんだろ？」

「……そうですけど」

デートの最後は橋姫と一緒に蛍を見てほしい。そう頼んだのはたしかに野乃子だ。

しかし先ほどから三瓶の様子がどうにもおかしい。

「……もしかして、茂野さんたちと会いたくないんですか？」

「違うよ。蛍が見れるのは少しの時間だけだから、つい急いじゃっただけさ」

「……そうですか」

変なのは三瓶だけではない。野乃子の身体もだ。

「野乃子ちゃん？」

心配そうに肩に添えられた手を、野乃子は咄嗟に振り払った。高熱が出る直前のように皮膚神経が尖り立って、なんともなしに身をよじりたくなる。それは先ほどから足を進めるたびに酷くなっている気がした。

「……もう少し歩ける？　郵便局の駐車場に車あるから、中で少し涼もう。きっと疲れたんだよ」

顔を上げれば、とっくにシャッターの下がった郵便局と、忘れ去られたように駐車されている三瓶の車が見える。しかし野乃子は、それ以上一歩も進むことができなかった。

やっとの思いで胸ポケットからのぞく藁人形を抜き取り、三瓶に押し付ける。

「蛍は、橋姫と一緒に見てください。私、ここで待ってますから」

妖痕が解かれるとすれば、きっと橋姫が宿るあの場所に違いない。それが叶えば野乃子もこの身の毛がよだつような嫌悪感から解放されるはずだ。

なのに、数秒も経たないうちに藁人形は野乃子のもとへ押し戻された。

「……三瓶、さん？」

「ごめんね、野乃子ちゃん」

三瓶は笑っていた。困ったような、呆れたような顔で。

「俺ちょっと飽きちゃったよ——。

オカルト体験ごっこ」

何のためらいもなく放たれた言葉に野乃子は一瞬放心し、やがて悟った。

三瓶は信じていなかったのだ。初めから何もかも。

「……ごめんなさい。でも、もう少しだけ、付き合ってください」

かまわない。奥歯を噛み締めた野乃子は足を踏み出した。悔しがるより先にすべきことがある。三瓶が信じていないのなら、野乃子が叶えるしかない。

「信じなくてもいいので、蛍だけ、一緒に」

「だからさぁ」と三瓶が野乃子の言葉を遮る。

「俺が他の女の子たちに拒否られてんのはね、橋姫サンなんかのせいじゃないんだよ。

全部あいつ、柳舞子のせいなの」

三瓶は、小さな子供にするように野乃子の顔を覗き込んだ。

「あいつの親父さん、駐在だって言ったでしょ？　そこそこ人望もあるらしくて、たぶん俺の悪い噂広めてんじゃないかなぁ。君とカフェで会った日に本当は確かめようと思ってたんだけど。でも多分そうだよ。せっかく傷物と付き合ってあげたのに、マジで恩知らずだよな」

「でも……好きで、一目惚れ（ひとめぼ）だったって」

「あー」と三瓶は一度頰をかいて言葉を濁したが、結局あけすけな本音を晒した。

「実は、告白したの罰ゲームだったんだよ。友達と競馬勝負してさ。あ、これ内緒ね！　まあ結果的には良かったかも。あの子と付き合ったら周囲からの好感度も爆上がりしたし。顔とか怪我しててもちゃんと愛してあげるんだ〜って」

今度こそ言葉を失った野乃子に対して、三瓶は慌てたように付け足した。

「でも野乃子ちゃんにそんな酷いことする気ないから！　今日すっげー楽しかったのもホントだし！　飽きたって言ったけどさ、野乃子ちゃんの趣味否定する気は全然ないから、よかったらこれからも遊ぼうよ」

野乃子は両手で顔を覆った。

(私、何してるんだろう)

自分の馬鹿さ加減に打ちのめされながら、ふらりと三瓶から距離を取る。もう妖痕などどうでもいい。一刻も早く、この不快な人から離れたい。

「帰ります」

「だーめ!」

踵を返した野乃子の腹部に三瓶の腕が絡みつく。喉の奥で悲鳴が漏れた。

「今日一日付き合ってあげたでしょ? だからさ、今度は君が俺に付き合って。って、こらこら、あんま暴れないでよ」

あまりのおぞましさに視界が揺れる。声が出ない。気持ち悪い。鳥肌が止まらない。

必死で三瓶を押しのけていた野乃子だが、唐突に上がった三瓶の悲鳴に驚いて顔を上げた。

三瓶の右目付近には、黒くて生臭い泥がべっとりとこびりついていた。

「うっわ、くそ、なんだよこれ! あっ、おい!!」

三瓶は服の袖で顔を拭いながら、逃げ出そうとした野乃子の襟首を摑んでその場に引き倒した。

「痛い、離して! 帰して!」

「ほんと強情だな……ほら！　これ見て！　見える？」

三瓶が野乃子の目の前に突き出したのは小ぶりなナイフだった。いよいよ声も出ないほど青ざめた野乃子に、三瓶は場違いなほど明るく告げる。

「あのさ！　別に殺す気とか全然ないから。でも君のことこのまま逃がして警察とか行かれると困るからさ。とりあえず一回落ち着いて、車の中で話そ。大丈夫、痛いこととか絶対しないし」

「俺はする」

第三の声に驚く間もなく、三瓶が鼻血を噴いて後方に倒れた。

腕が掴まれ、強い力で引き起こされる。覇気のない低い声。肩で息をしてるのが珍しい。彼の走る姿は、うまく想像できない。

茅島さん、と呼ぼうとしたのに、声の代わりに嗚咽が漏れた。

そんな野乃子を茅島はギロリと睨む。

「君に泣く権利は、ない」

その通りだと分かっているのでしきりに頷いたが、恐怖と安堵とが一緒くたになって、後から後から溢れてしまうのだ。それでも嗚咽の間に言わずにはいられない。

「茅島、さん、あいつ！　あのひと、最悪でッ……！」

野乃子が必死で喉を絞った時だ。

彼女たちのすぐ隣を何かが駆け抜け、鈍い音が続いた。茅島の渾身の一撃からようやく身を起こした三瓶が、二の句を告げる間もなく再び地面に沈む。

「この、畜生以下の、腐れ外道野郎!!」

清々しい罵声が宵闇を切り裂いた。

三瓶に馬乗りになって顔を殴り続けるのはパンツスーツ姿の女性だ。三瓶の整った顔が見る見るうちに無残なものに変わっていく。

「野乃子さん!!」

そこへ遅れて茂野も到着した。野乃子を見るなり、全身で安堵を顕わにする。

「ああ、野乃子さん、よかった。ご無事のようですね」

「は、はい……茅島さんのおかげで……」

「茂野。何であれ連れてきたんだ。見張ってろって言ったのに」

あれ、というのはどうやら三瓶に馬乗りになっている女性のことらしい。

茂野は申し訳なさそうな顔をした。

「茅島がカフェから血相を変えて出ていくのを見ていらしたようで、かなり強引に事情を尋ねられまして……」

「ちょっとまずいぞ」

茅島が呟く。たしかにこれ以上殴り続けてしまうと別の罪に問われそうだ。

しかし茅島の懸念はそこではなかったらしい。

「熱ッ」

突如として藁人形が燃えるような熱を放ち、野乃子は驚きから手を離した。

しかし地面に落ちた人形は、なぜか横たわることなく不自然に直立している。もちろん火などどこからも出ていない。

「茅島さん！」

藁人形の様子に茅島も気付き、やっぱりか、と苦々しい顔をした。

「二人とも近付くな」

「茅島さん、あれ」

「残晶だ。君がそこに入れようとしてたものが、たった今、正しく入ったぞ」

残晶。それは『遺書』に残った魂の欠片。

「あいつ、柳舞子を祟り殺す気だな」

「祟っ――」野乃子は驚愕し、間もなく悟った。

「もしかして私……とんでもない勘違いを？」

「察しが良いのは美点だが、もう少し早く気付いてほしかったもんだ」

真っ青になって藁人形に飛び掛かったが、茅島に襟首を掴まれてそれも叶わない。

「近寄るなって言ったろ！　鶏頭（とりあたま）！」

「でも、あれっ、あの人が！」

その時だ。空気がバリッと乾き、獣の鳴き声のような、人の叫び声のようなものが遠くで――違う、近くで、藁人形の中から、聞こえた。

声は球体のゴムボール内で反響しているようにくぐもっていたが、例えば針の一突きでもあれば、それはたちまちおぞましい音色でここにいる全員の鼓膜を破き、気を狂わせてしまうだろうと思えるような音をしていた。

きしきし、ぎしぎし。ぎこちなく歩を進めていた人形が止まった。柳の背後で。

異様な気配に振り返った柳は、たしかに藁人形を視界にとらえたはずだ。この世のものとは思い難い禍々しい空気の中で。しかし彼女の目が恐怖に見開かれたのは、ほんの一瞬のことだった。

「アンタね」

柳は右手で藁人形をわし掴みにし、顔の高さに掲げ持った。鬼も怯む形相（ぎょうそう）だ。

三瓶はとっくに気絶している。

「人を勝手にブサイク扱いして下に見て喜んでたって？　アンタはこのクズの次にぶっ飛ばしたいと思ってたの。誰がオコゼですって？　シバくわよ？」

茅島が絶句している。

「どいつもこいつも好き勝手言いやがって、ムカつくったらないのよ！」

柳は人形をつるし上げていない手で前髪を掻き上げ、勲章を見せつけるように額を突き出した。

「この傷は私の誇りよ！」

それはまるで、揺らぐことのない魂の宣言。

「昔住んでたマンションが燃えて、お父さんが命からがら助けてくれた。お父さんは大火傷(おおやけど)したし、私はガラスが降ってきてこのザマだけど——生きてる。そう、生きてんの！　これは私とお父さん二人の命の証(あかし)！　それを、何も知らない奴が、勝手にゴチャゴチャ言って悲劇扱いすんじゃないわよ‼」

彼女はそれからも延々と藁人形に向けて怒鳴り散らしていたが、ふと気付くとその中にもう橋姫の気配はなかった。いつしかあのおぞましい声も消えている。

「出てった……みたいですね」

「未練が果たされたのでしょうか」

尋ねた茂野に、茅島は肩をすくめた。

「どっちかっていうと、望むような相手じゃなかったから要らなくなったんじゃないか？ 贄にするには活きが良すぎる」

何が可笑しいのかくすくす笑う茅島を横目に、野乃子はおずおずと柳に近付き、その藁人形にはもう何も入っていないことを教えた。

「あ。そうなの。じゃあもういいわ」

あっさり人形を放り投げて立ち上がった柳は、携帯でどこかに電話をかけ始める。その傍らで、ポンポンと野乃子の頭を撫でた。

「私も大概だけど、あんたも男を見る目ないわね」

「えっ」

「こんなクズ早く忘れてお互い次はもっと良いイケメン見つけましょうね――。あ、お父さん？ 今交番？ 救急車とパトカーお願いしたいんだけど」

人を気絶するまで殴り、歩く藁人形を恫喝した女性の後ろ姿は、これ以上ないほどたくましかった。

「茅島さん……。私、自分で歩けますよ」

野乃子は茅島に背負われながら『ロマンス堂』への帰路を辿っていた。

「駄目だ。そんな血まみれの膝で歩かせたら、僕がカラス女につつかれる」

「……水鳥ちゃん、すごい怒るだろうなぁ……」

諦めの滲んだ声で呟くと、すかさず自業自得だと返される。

いつものように野乃子を迎える連絡を茂野に入れた水鳥は、その後ろでパトカーのサイレンを耳ざとく聞き取り、茂野に洗いざらい状況を話させたらしい。気の強い女性に日に二回も脅された彼に対しては心から申し訳なく思う。

加えて茂野は今、茅島や野乃子のかわりに警察からの聴取を受けてくれている。

「……あの、すみませんでした」

「なにが？」

「……全部です」

ここまで事態が大きくなってしまったのは、身勝手に行動した野乃子の責任だ。

加えて『遺書』の宛先が三瓶ではなく柳であったことや、内容が全くの見当違いだったことも併せて考えれば、もはや彼女の中にゴマ粒ほどの自信も残ってはいない。

「迷惑ばかりかけて、情けないです」

許されるなら消えてなくなりたい。

放っておけばどこまでも沈み込んでいく野乃子に、気の遣ったフォローができる茅島でもない。

沈黙の中を歩く二人の前に、かさりと、その小さな影は立ちふさがった。

「にんげん」

それは昼間会った小さな妖怪、せこだった。

「あなた……」

「はしひめさまはもういない。もう、遠くにゆかれた」

茅島は何も言わずに野乃子を背中から降ろす。

片足をかばいながらせこの前に進み出た野乃子は、腰をかがめて彼の手を取った。

小さな妖怪の手のひらは真っ黒に汚れている。車に引き込まれそうになった時、三瓶に泥団子を投げつけてくれたのはやはり彼だったのだ。

「助けてくれてありがとう」

せこは三つの瞳で野乃子の目を覗き、やがて、言った。

「はしひめさまは、けして優しゅうはなかった……。いつも何かに怒っておられた。雨が降っても、晴れわたっていても、人が山に入っても、入らなくても怒った。でも最期は……」

せこは喉を詰まらせせながら続けた。

「未練は果たされずとも、なんとも嬉しそうに逝かれた……。だから、ありがとう」

もしかしたらあの人形を離れた後、橋姫は彼のもとに行ったのかもしれない。

せこは、唯一の主にさよならを言えたのかもしれない。

声が寂しさに溢れているのは、彼らが共にした長い時間を考えれば当然のことだ。

「……そうだ！　これあげる」

野乃子は思い出したように胸ポケットから藁人形を取り出し、せこに渡した。茅島はいらないと言っていたから、彼が持っていても問題ないだろう。

今はもう何も入っていない空っぽの藁人形だ。

「形代って言うんだって」

「かたしろ」

「今は空っぽだけど、大切にしてたら、あなたの願うものが宿るかもしれない」

せこは二本の腕を伸ばして藁人形を受け取ると、空に掲げたり覗いたりして、やがてそれをきつく胸に抱きしめた。涙に滲んだ声が嬉しそうに呟く。

はしひめさまの匂いだ。

「——君は困った奴だな」

再び野乃子を背負い直して歩き出した茅島が言う。

道の先に『ロマンス堂』の明かりがぼんやり見え始めている。

「妖怪と話すなと言っても話すし、面倒ごとを持ってくるなと言っても持ってくるし何一つ言うことを聞かない。今回の件で少しは懲りてくれればいいんだけどな」

「はい……。十分、分かりました」

素直な反応の野乃子に茅島もため息をつく。さすがに反省したらしい。これ以上は叱らないでやるか、とらしくもなく慰めの言葉を探して振り返ると、晴れ晴れとした良い笑顔とぶつかった。

「は？」

「ん？　何ですか？」

「落ち込んでたんじゃなかったの」

「もう元気になりました！」

せこから与えられた感謝の言葉は、茅島が思う以上に野乃子の心を救ったらしい。

「人間だって十人十色なんですから、怖い妖怪もいれば、危ない人間もいますよね。今度からはよく相手を見て接したいと思います」

茅島は野乃子を店の前に降ろすと、自分は無言で一足先に敷居を跨ぎ、入り口に手をついてにっこり振り返った。

「おかえり、檜村」

「……えっ」

唐突な茅島の行動に野乃子は思考停止する。

押し寄せる嫌な予感に汗を流す野乃子の前で、茅島はにやにや目を細めた。

「あれえ、ただいまが聞こえないなぁ。店主がこんなにおかえりって言ってんのに。ただいまって。ほら、言ってごらん」

「……茅島さん……まさか聞いてたんですか」

昼間の会話、と耳まで真っ赤になった野乃子の絞り出すような問いかけに、何が？と惚けて見せる茅島。白々しい演技はまだ続く。

「おかしいなぁ。君って意外とこの店が好きだなと思ったけど、僕の気のせいだったみたいだ。だって返事一つ返してくれないんだからな。あー残念残念」

ぐうっと唸った野乃子はしばし店先で二の足を踏み、やがて吹っ切れたのか、茹だったタコさながらの赤さで「ただいま!!」と吠えた。

「……」

腕の下をくぐって店内に逃げ込んだ少女に、茅島は珍しく声を上げて笑った。

第4章　木霊(こだま)

空気の澄んだ夜だった。

動物たちも寝静まった深夜の山中に男はいた。

月明かりに照らし出されたのは褪(あ)せた色の軍服。背中には汗でできたシミが円を広げ、男がシャベルを土に突き刺すたびに細い肩甲骨を浮き上がらせた。

「もっと有意義に時間を使えよ」

不意に暗闇の奥から声がかかる。哄笑(こうしょう)を孕んだとろりとした声だ。

「あれはお前が埋めたところで意味なんかない。きっとすぐまた空くぞ」

男はなおも掘り続けた。ある穴を埋めるために、多くの土が必要だったから。

声は続ける。

「近いうちこの村は怪異に呑まれる。現世(うつしよ)と幽世(かくりよ)の境が曖昧になり、人と妖怪が綯(な)い交(ま)ぜになって、何もかもが不確かで何一つ信用ならない、魑魅魍魎(ちみもうりょう)たる世界になる」

「なってもかまわない」

それは意外なほど軽やかな返答だった。上背はあるが筋肉はさほどない、まだあどけなさを残した顔(かんばせ)が上がった。

「けれど、今は時が悪い。この国は今、自国の誇りを守るために必死だから」

「くだらないな」

「くだらないことはない。人はいつだって命と天秤(てんびん)にかけるものを探してる。それがあるだけで、まっとうで立派な人間であるような気になれる。僕も明日戦争へ行くけれど、ちっとも恐ろしくはないよ。やっと生まれてよかったと思えたくらいだ」

嘘ではないだろう。男は生まれてからずっと胸を病んでいた。いつも周囲に申し訳なさを感じて生きてきた。それが今は、こんなところで夜通し穴を掘って運ぶほどに生気に溢れている。それはまるで、男が今まで細々と使っていた寿命を、もったいぶって小出しにしていたものを、湯水のように無駄遣いしはじめたようにも見えた。

しかし、腰を伸ばして泥の混ざる汗を拭う、その表情は清々しい。

「それでも価値は移ろうものだから、この戦争もいつかの未来ではくだらなかったと言われるだろう。だから、家の存続や国の存亡よりも優先されるべきものが現れた時――、そういう未来でなら、人も妖怪も、一緒に暮らせるんじゃないか」

声は呵々(かか)と吐き捨てるように笑った。

「阿呆だな。そんな未来、待てど暮らせど訪れやしない」

「来るさ。信じることは願うことだ」

「なら俺は願わない」

「僕が願う。その未来を信じる。信じているから——約束だぞ、■■■」

男は暗闇に腕を差し込み、深淵を震わせるような低い声の主の手を、強く握った。

「お前が見届けてくれ。人と妖怪が手を取り合って暮らす未来。……できるさ。だってお前はいつも退屈そうで、とびきり長生きなんだから」

声は何も返さなかった。そのかわり、男の手を握り返す力をほんの少し強めた。

彼らの傍には美しい一本の白樺が佇んでいた。


七月一日。月曜日である。

野乃子は雨の降りしきる店外をぼんやり眺め、憂鬱なため息をこぼした。溜まりに溜まった新聞を紐止めする手も今やすっかり止まってしまっている。

「今年の七夕は曇りだそうですよ……。せっかく企画したパーティなのに」

「そう落ち込まないで、野乃子さん。まだ先のことですから」

カウンターの向こうで生姜をスライスしていた茂野が、そう慰めた。

彼は最近お手製ジンジャエールにハマっており、今日のように蒸し暑い日には必ずそれを振舞ってくれるのだ。輪切りレモンの浮かぶピリッとした辛口ジンジャエールに、とろとろのシロップをかけるのが最近の野乃子のお気に入りだった。

「パーティ？」

そこへ、どこからか寝起きのアナグマのような声が上がり、野乃子はしまったと顔を歪めた。店の隅にある本棚の奥から『ロマンス堂』の店主・茅島が現れる。

防カビ剤を本棚に塗りたくっていたらしい。

「……いたんですか、茅島さん」

「ずっといたけど」

その後パーティとは何だとしつこく尋ねられ、野乃子は仕方なく、茂野と『ロマンス堂』のテラスで七夕パーティを企てていることを白状した。今度の日曜である。

茅島の顔は想像通り、闇商人もかくやの不穏さを宿した。

「へえ。七夕パーティ？　僕はこれっぽっちも聞いてないけどずいぶん楽しそうだな」

「も、もちろんお誘いするつもりでしたから」

「誘われてないって言ってんじゃない」と茅島は真顔だ。

「だ、だって茅島さん、言ったら絶対断固阻止するじゃないですか！　七夕にバカ騒ぎする意味が分からない、とか言って！」

「分かってるじゃないか」

『ロマンス堂』の二階には茂野の自室と小ぶりなキッチン、シャワールーム、店頭陳列前の骨董品が置かれた物置、さらに海の見えるテラスがある。そこで天の川を眺めながら食事ができたらさぞかし素敵だろうに、この店主はそういったロマンを欠片も理解してくれない。

「パーティなんて浮かれたこと考えるくらい暇なら、君には店中の黴を駆逐する仕事を与えよう。季節が変わるまで励んでくれ」

「無慈悲!!」

　その時、入り口の引き戸がからからと開いた。入ってきたのは一組の男女だ。

　ビジネスマン然とした風体の男性は、茅島、野乃子、茂野をぞろりと見回し、最後に茂野に視線を定めた。

「城戸釜町町長の板倉と申します。ご連絡も無しにお訪ねして申し訳ありませんが、店主様に少しお話をお伺いできますでしょうか」

「――いかがですか、茅島」

茂野が言うと、客人、板倉は面食らったように本棚にもたれる男を見た。黴まみれの布巾を持ってほっかむりをした男が、まさか店主だとは思わなかったらしい。

一方の茅島はしばし板倉を眺めたあと「いいよ」と来客席へ向かった。

それに店内を見回しながら板倉が続き、傘の雨を払った女性が遅れてついていく。

淡い色のブラウスがよく似合うその女性は、通り過ぎざま、野乃子に微笑んだ。

「こんにちは」

まるで春の陽だまりをかき集めたような柔らかい声と眼差しだった。うっかり見惚れてしまった野乃子がコンニチハ、とオウム返ししている間に、来客席では、茅島に名刺を渡した板倉が来店理由を話し始めていた。

「我々は今、新規事業開拓のための実地調査を行っておりまして、城戸釜町に出店している全ての店舗の営業状況や客層をデータ化することによって町民のニーズを把握し今後の事業計画に繋げていきたいと考えているのです。ついては、こちらの現在の営業状況や近年の売り上げの変動について、可能な限り教えていただきたいのですが――と、その前に城戸釜町の新しい街づくりの方針についても軽くお話を……」

カウンターの傍で様子をうかがっていた野乃子のもとに、三人分のコーヒーを出して戻ってきた茂野が苦笑いで言った。

「やはり、仕事熱心な方々ですね。板倉さんは」

茂野のこの妙な言い回しには理由がある。

城戸釜町の町長は、代々板倉家の人間によって引き継がれている。

あまりに同家が続くのでこれまで何度か不正が疑われたこともあったようだが、蓋を開けてみれば選挙はどこまでも公正で、当選の理由はいつだって彼らの生真面目（きまじめ）さとその手腕にあった。板倉町長とは、どの世代をとっても、町民の誰もが認める熱血町長だったのである。

そして茅島は、そういう相手とすこぶる相性が悪かった。

「隆慶大学（りゅうけいだいがく）文学部臨床心理学専攻教授……。ずいぶん大層な肩書きだな」

明らかに流し聞きだった茅島が、とうとう板倉の熱弁をぶった切って、机上の名刺をつまみ上げた。どうやらそれは隣の女性のものらしい。

気分を害した様子の町長の隣で、彼女は見た目通りの穏やかな声で答えた。

「橋爪（はしづめ）ゆう子（こ）と申します。以後お見知り置きを」

「大学の先生が、どうして町長と一緒にこんなちんけな町に？」

愛する城戸釜町をちんけ呼ばわりされた板倉が無言の圧を放ったが、茅島はまるで気にしない。橋爪は苦笑して続ける。

「実は今週から城戸釜町のスクールカウンセラーを務めることになりまして。小中高に週に一日ずつ回ることになったのです。ですから今日は町の皆様にご挨拶を、と」

「そうじゃなくてさ」茅島はゆっくり橋爪の言葉を遮った。

「僕は、人間の探究心って嫌いなんだ。独りよがりで、うっとうしいだろ。でも君らは学ぶことが仕事だから、せめて聞いてあげてる――。挨拶がてら、この街の一体何を探りに来たのかと」

　橋爪はぴたりと唇を結んだ。

「肥やしになってあげるかどうか、僕が決めるのはその後だ」

　二人の視線が交差し、店内が沈黙に支配された。得体の知れない緊張感に野乃子が生唾を飲んだ時、橋爪が耳の横に小さく両手を掲げ、降参のポーズを取る。

「――私が知りたいのは、唐草山神社に、白樺の木を守る妖怪がいるのか否か」

　野乃子は思わず驚きに目を瞠った。

（今、妖怪って……？）

「橋爪先生」と咎める声を上げる板倉に、彼女は苦笑して謝る。

「すみません。でもこの方に嘘や誤魔化しは通じない気がして……」

板倉は胡散臭そうに茅島を見たが、やがて仕方ないと橋爪から言葉を引き継いだ。先ほどの熱のこもった声音とは打って変わった、子供の夢想話に付き合うような呆れ返った口ぶりだ。

「――踏切に住む赤い河童、廃墟に出る首なしの落ち武者、深夜にだけ繋がる公衆電話、一つ目の老婆……挙げ始めればきりがない。これは職員に調べさせた城戸釜町の都市伝説の一覧です」

板倉は手元の鞄から厚さ五センチほどの紙の束を取り出し、机に置いた。

「イメージが重要視される現代社会では極めて致命的なほど、この町にはいわくが多すぎる」

紙の束をぱらぱらめくっていた茅島があるページで手を止め、やっと得心のいった顔をした。

「なるほど。つまり君は『都市伝説や怪異は集団幻覚の一つだ』と思っているクチだな。だから心理学に精通した人間を呼び寄せ、そんなものは眉唾であると立証して回ってる――。今日ここへ来たのは『廃トンネル傍の〝消える〟骨董品屋』が実在するか否かを調べるため……ってとこか」

紙面の一か所を指さした茅島に、板倉は暫し黙り、ややして頭を下げた。

「お怒りごもっともです。しかし一つ訂正するなら、我々は、実在しないことではなく、この店が正規の手続きを踏んで経営している立派な骨董品店である——ということを確かめに来たのです。こんな事実無根の噂話に振り回されて、あなたもさぞかし迷惑しているでしょう……。ですから、ここからはご提案です。茅島さん」

板倉の口調が一気に熱を帯びた。

今日は初めからこの話を持ちかけるつもりで来たのだろう。

彼が鞄から取り出したのは商店街の空きテナントのリストだった。

「県への申請が通れば、来年この町には莫大（ばくだい）な補助金が入ります。そうすれば駅周辺はもっと活性化し、人々の生活圏も広がる。人口が増えれば、市として生まれ変わることもできる。この城戸釜町は、今よりずっと豊かで快適な町になるのです！」

板倉の、茅島を見つめる目に力がこもる。

「茅島さん。こんな場所に店を構えていても客など来ないでしょう。場所を移し、内装にもこだわりましょう。必要なら腕のいいデザイナーも紹介します。骨董品屋からアンティークショップに、店が生まれ変われば根も葉もない噂話に客足を左右されることもなくなる。茅島さん、どうですか。私と一緒にこの店をより多くの人間が集まる一流に育てませんか」

板倉は、きっとこれまで幾度となくその熱で人間を動かしてきたのだろう。意のままに運べないことなど一つもないと信じて疑わない曇りなき眼で、渾身のスイングを振り抜き——そして、盛大に空振りした。

「いいです」

どうでも。茅島の返答には、愛想程度の熱量もない。

野乃子は内心で小さく合掌する。そう、茅島にとって町の発展など壁のシミくらいどうでもいいのだ。むしろ町に『いわく』が溢れているなら願ったりである。なんせ彼が心躍るのはいつだって、誰かの執着が染み付いた『いわく』ばかりなのだから。

「大体ね、僕はこの店にまつわる噂にだって、一つも否定してないぞ」

もはやかしこまって聞くのも億劫になったのか、茅島は早々に足を組み、机の上に転がっていた万年筆にインクを込め始めた。板倉の表情はひどく険しい。

「……では、この店が消えるとでも？」

「消えるとも。次に君がここへ来た時『ロマンス堂』はどこにもない。それと、城戸釜町の怪異を相手取るなら、噂より速く走れる足を鍛えたほうがいい」

意味を捉えかねて眉をひそめた板倉に、茅島はにやりと言ってのける。

「〝曰く〟は人の上に成るからね」

潔くからかわれたと察したらしい。板倉は気分を害したふうに立ち上がり、冷ややかな視線を茅島に投げつけた。

「この町の暗い噂を、私は何一つ見逃しません。足など鍛えずとも、我々はただ元を絶てばいい」

「元を？」

「――まずは明日、唐草山神社の白樺を切り倒します」

その瞬間、野乃子は思わず耳を塞ぎ、その場にしゃがみ込んでしまった。

慌てた様子で駆け寄ってくる茂野の向こうに、店を出て行く板倉の姿が見える。そこに橋爪も続き、引き戸が閉まったところで、野々子はようやく声を発した。

「茅島さん！　これ！　どうするんですか⁉」

茅島も人差し指を両耳に突っ込んでうんざりしている。

原因は明白だ。

「者共呪えェ‼　ありったけの怨みを込めて奴を祟るのじゃあァァ！！！！」

「おおおぉぉ！」

今店内で行われているのは、十数匹の妖怪たちによる、ガラス越しの一斉口撃である。その矛先は、表の車に乗り込んで走り去る板倉に向けられていた。

つい三十分ほど前。板倉と橋爪に続いてぞろぞろ入店してきた妖怪たちに野乃子は度肝を抜かれたが、茅島が「無視しろ」と言うのでどうにか今まで堪えていたのだ。

しかしこの鼓膜を破りそうなほどの憤激ぶりでは、無視一徹も叶いそうにない。

「許せぬ許せぬ、なんと愚かな！」「罰当たりな人間共め！」「思い知らせてやる！」「にんげん！」「おや、あれは大鹿様の冬角か？」「おお本当だ。珍しきものがある」「奴らめ、我らの土地を奪う気だぞ！」「祟ってやる！」「なあ、にんげん！」

スカートの裾がくんっと引かれ、野乃子は耳を塞いだまま目線を下に落とした。

そこには橋姫の一件で出会った妖怪、せこが、目に涙をいっぱいためて野乃子を見上げていた。どうやら小妖怪たちの隙間に混ざっていたらしい。

「にんげん。わしの声は、もう聞こえぬの？」

あまりに切ない声で言われ、野乃子は慌てて彼の前に膝をついた。

「ごめんね、気付かなくて！　視えてるし、聞こえてるから、泣かないで」

野乃子が言うと、せこはほっとしたように頷き、無言で涙を拭った。

「貴様っ！」

せこを押しのけて野乃子の前に飛び出したのは、赤褐色（せきかっしょく）の毛皮に覆われたイタチの妖怪だ。今しがた誰よりも憤慨していたのが彼である。細長い体を奇妙にくねらせ、桐（きり）のタンスに上ったかと思うと、小さな人差し指を野乃子の目先に突き付けた。

「まさか貴様ではあるまいな！　あの橋姫の未練を叶えたという人間は！」

「え？　いえ、私は」

「何をもたもたと。叶えたのかそうでないのか、はっきりせんか！　ぎゃあっ」

その時、霧吹き状の何かが噴射され、直撃を受けたイタチ妖怪がもんどりうった。

消臭スプレーをシュッシュとさせているのは茂野である。「そのへんそのへん」という茅島の指示に従い、標的も位置も分からないまま困惑顔で噴射を続けている。

妖怪たちはキャーキャー悲鳴を上げながら逃げ惑った。

「やめろっ、やめんかっ、鬼か貴様は！」

攻撃からどうにか逃れたイタチ妖怪は、フローラルな香りを漂わせながらひどく喚いたが、腕組みして見下ろす茅島の姿を見てさすがに怯んだらしい。優しさとは対極の据わりきった目を向けられたせいだ。

「わ、わしは貂（てん）！　その者らと同じく唐草山に住まう妖怪。そこなせこに、あの偏屈で我がままで気難し屋の橋姫の未練を叶えた人間がいると聞いてここへ来た！」

「はしひめさまを悪（あ）しゅう言うな！　はしひめさまは日本一じゃ！」

「こいつめっ、邪魔するな！」

せこと貂が取っ組み合いを始めると、周囲の妖怪たちがすかさずはやし立てて騒ぎ出した。茅島は止めろ止めろとうざったそうにそれを止めている。

「橋姫の未練なんか叶えてない。結果うやむやになっただけだ」

「いいや。妖怪が『遺書』を綴った以上、今生から消え去ったなら理由は、果たされたから以外にない」

貂は苦り切った顔で続けた。

「発祥より千余年。妖怪の未練を人が果たすなど、そんな話は聞いたことがない。真であれば、ただ烏滸がましき話——。しかし、それでも我ら恥を忍んでここへ来た」

貂が告げると、茅島の前はあっという間に平伏する妖怪でいっぱいになった。

さすがの茅島も驚いた顔で一歩後ずさる。

「お頼み申す。どうか、われらの主様を救ってはくれぬか」

唐草山神社の白樺に、主様はおられる。貂はそう言って、一粒涙をこぼした。

「こだまさま？」

「左様。何百年も前から山におわす土地神様じゃ。この地に暮らす者どもを——妖怪も人間も、等しく、降りかかる災いから守ってくださっておる」

野乃子は、てっきり唐草山の土地神は橋姫だと思い込んでいた。一つの山に何人も神様が存在したりするのかと茅島に尋ねると「そのへんが曖昧でズブズブなのがこの国だ。基本的に祀るのが好きなのさ。だから初詣もすればクリスマスもするし、七夕パーティをやろうなんて言い出すわけ」ととびきりの嫌味で返された。しつこい。

「数日前じゃ。人間が何人も訪れたかと思うと、木霊様を取り囲んであれこれと算段を付け始めた！　あろうことか、主様を切り倒す算段を！」

貂はくしゃりと顔を歪め、目の縁に溜まった悔し涙を拭う。

「人はまこと、勝手ないきものよ！　恩恵が欲しい時ばかり寄り縋り、邪魔になれば切り倒そうなどと……。だが、今はそんなことを憂いている場合ではない。どうか、ほんのひと時でよい。あやつらが山へ立ち入るのを留めおくことはできぬだろうか」

「ひと時？」

野乃子は、てっきり木を切るのを阻止してくれという頼みかと思っていた。

頷いた貂が、懐から一枚の和紙を取り出す。空色の和紙だ。

「主様は『遺書』をしたためられた」

「なにっ」

身を乗り出したのは茅島だ。

『妖怪の遺書』とは、死の間際の妖怪が己の未練を綴ったものである。人間が受け取った場合は、その未練を代わりに叶えるまで妖痕と呼ばれる怪奇現象に悩まされることになる厄介な手紙だ。

茅島はこれを集めていたが、自分がその未練を果たしてやろうという気はさらさら無いらしく、基本的に誰かに渡る前のものは手にしたがらない。彼が渡された手紙を何の躊躇いもなく受け取ったのは、木霊という妖怪がまだ生きていると知っているからだろう。

「主様はもう諦めておられる。人に切られることも、おそらくは気にしておらぬじゃろう。もともとそう長くはないお命。この『遺書』も、収まりがつかぬ我らのために書き記してくださったようなもの」

茅島の後ろから『遺書』を覗き込んだ野乃子は、はてと首を傾げた。妖怪が視えず彼らの文字を読むことのできない茂野のために声に出してそれを読み上げてみる。

天の川霞む　ふみづきの宵　華々しき宴に　山の子らよ　集い踊らん

「これ、『遺書』っていうより、なんだか招待状みたいですね」

野乃子の何気ない言葉に貂はぎくりと身を固めたが、それを目の端に留めたのは茅島だけだ。

「ほう、招待状ですか……。となると、文月は旧暦の七月ですが、天の川霞む晩とはいつを指すのでしょう」

「もしかして七夕の日じゃないですか⁉ 予報では雨は今晩までで、それ以降は週末までずっと曇りだって言ってましたから！」

「では宴は七夕の夜ですか。妖怪さんたちもオツですねえ」

はしゃぐ茂野と野乃子を前に、貂が声を絞って続けた。

「これまで土地を守り続けたお方が、生涯の終わる瞬間は皆と共におりたいと、囲まれて逝きたいと、願ってくださったのじゃ。だったらわしは、主様の生きているうちにその願いを叶えてやりたい。人なんぞに切られる前に、そうしてやりたい！」

どうか哀れと思って力を貸してくれ、とおいおい泣く貂。しかし茅島は、あろうことかその『遺書』をくしゃくしゃにして放り投げた。

「くだらないな。お前たちも妖怪なら、たかが木にかまけてないで自分の未練でも果たしたらどうだ？ どうせ大して長生きできないんだから」

歯に衣着せぬ、どころではない。

妖怪は視えずとも空気を読むことの一流な茂野は、即座に茅島の傍にあった青磁の壺を取り上げた。間もなくそこに茅島が転がる。貂が全身で飛び掛かったせいだ。

「貴様貴様貴様貴様!!」

「何する！　離れろこのイタチ！」

「許さぬ許さぬ、許さぬぞ！　主様を愚弄する奴は鼻をかみちぎってやる!!」

「うるさい止めろ！　大体人間なんぞとか言う奴が人間を頼るな！」

「だから恥を忍んで来たと言うておるだろうが!!」

取っ組み合いになった貂と茅島を、妖怪たちがまた大喜びではやし立てる。基本的に、彼らはお祭り騒ぎが好きなのかもしれない。野乃子も茂野に倣って割れそうな品だけいくつか避難させ、窓辺にちょこんと座っていたせこに近寄った。

「あなたも木霊様を知ってるの？」

せこはふりふり首を振る。

「わしは、はしひめさまの遣いであったから、他所の神は知らない」

「でもお祭りには参加するんでしょう？」

せこはまた首を振った。

「毎年この季節は、はしひめさまと一緒に豊穣の舞を踊って山を回った。葡萄やキノコや、獣や、鳥や、たくさんの幸に恵まれるように。だから今年からは、わしがそれをやらねばならぬ。はしひめさまがおらぬようになったから」

どことなく寂しそうに言ったせこは首から下げた藁人形を撫でた。

それは以前茅島が作り、野乃子が彼に渡したものだ。消えてしまった橋姫を重ねてずっと持っているのだろうか。そう思うと何とも言えず切なくなって、野乃子は思わず提案した。

「じゃあ、もし時間があったら、七夕の日に一緒にご馳走を食べない？」

「ごちそう」

「そう！　七夕そうめんとか、ちらし寿司とか美味しいゼリーを作って食べるんだよ」

陶器を避難させた茂野が「それはいいですね」と横で賛成の声を上げる。

「せこさんといえば、たしか野乃子さんを助けてくれた山の河童さんですね。いつかお礼をしなければと思っていましたし、ぜひご一緒に」

せこのいるあたりに向けて、茂野が微笑んだ。

野乃子はせこに茂野を紹介しようとして、ふと自分もまだ名乗っていなかったことに気が付いた。

「私は野乃子。にんげんじゃなくて、そう呼んでくれたら嬉しいんだけど」

「の、のん、の、……のんこ」

妙に間の抜けた呼び方だが、そういえば猫魈の糸菊もそんなふうに呼んでいた。

もしかすると野乃子の名前は彼らには呼びにくいものなのかもしれない。

「わしは、せこ……ただのせこ」

「でも、せこは名前じゃないでしょ？」

尋ねると、彼は困り顔で首を傾げた。これまでそんなこと考えたこともなかったという様子だ。しかし、せこが種族名であると茅島から聞いていた野乃子は、これからも彼をそう呼ぶのはなんとなく憚られた。

「じゃあ、愛称はないの？」

「あいしょう？」

「呼ばれたら嬉しくなる名前。何でもいいんだけど。ポチとか、タマとか……」

暫く考え込んでいたせこは、顔を上げると恥じらうように「たんたん」と言った。

「はしひめさまは、わしの足音はドタバタとうるさいと言うておった。でも、雨の日のあと、古い倒木の上を走るときは、きれいな音がして、たんたんと良い音がして、その時ばかりは、よろこばれた」

だからたんたんがいい。そう言って不安と期待の入り混じった顔をしたせこに、野乃子は頷いて笑い返す。

「じゃあ、たんたん、日曜日はきっと来てね」

彼は三つ目を細めて嬉しそうに笑うと、まるで宝物のように自分の名前を口の中で繰り返した。そして、それを面白くなさそうに眺める男が一人。

「さっきの話引き受けた」

喧嘩はひとまず収束したらしい。嚙まれたのか、うっすらと歯形のついた鼻を擦った茅島が、人差し指を貂に突き付けた。

「何⁉ 貴様先ほど絶対やらんと言ったではないか！」

「うるさいな、気が変わったんだ」

茅島は突き出した指の先を、そのまま野乃子に差し替える。

「檜村。君が受けろ」

「私が⁉」

「好きだろ。人助け、ならぬ妖怪助け」

いくらなんでも丸投げすぎる。抗議の声を上げかけた野乃子は、突然の浮遊感に悲鳴を上げた。浮かんで——違う、小さな妖怪たちが、まるでパンくずを運ぶ蟻のように野乃子を担いでいるのだ！

「二言はないぞ、この娘借り受ける！　まずは木霊様にお目見えじゃ！」

「いいけど、日が落ちる前に返せよ。あ。はいこれ、傘ね。外雨降ってるから」

「茅島さん！　今そんなこと言ってる場合じゃ、ぎゃあっ」

「そうれ、出発！」

妖怪たちは声を揃えて店を飛び出し、何一つ理解も承諾もできていない野乃子を連れて野を越え山を越え——辿り着いたのは登山道の先。唐草山神社の入り口だった。

（……戻ったら、絶対、絶対に、これでもかってくらい怒ってやるんだ……！）

野乃子は固く心に誓い、ふらふらの足でどうにか立つと、先を行く妖怪たちに続いて赤い鳥居をくぐった。

唐草山神社は、記憶の中のかつての姿とはずいぶん様変わりしてしまっていた。玉砂利の敷き詰められた境内には雑草が生い茂り、その奥に忘れ去られたように本殿がある。色褪せた鈴尾を横目に、野乃子は列をなして歩く妖怪たちと共に本殿の裏側へ進んだ。「あれっ」と声を漏らしたのは、そこがちっとも荒れ果てていなかったためだ。表に比べると、つい最近まで人の手が入っていたようにすら見える。

神社の裏には小ぶりな池と、そのほとりにひょろりと枝を天に伸ばす一本の木があった。高さは枝の葉先まで多く見積もっても二メートルほどだろうか。

（もしかして、あれが木霊様の……？）

野乃子は拍子抜けしてしまった。神様が宿る木と聞いていたのでよくあるご神木のような巨木を想像していたのだが、その白樺は、なんというか貧相だった。

「ねえ、本当にあの木が――」

そこまで言って口をつぐんだ。

店で大騒ぎしていたあの妖怪たちが、一様に沈黙を守り、木に向かって手を合わせていたからだ。人とは形の違う手のひらや、時には爪の先を合わせ、鼻先や額につけて、すべて委ねたような安らかな表情で目をつむっている。

見かけで判断した自分を恥じ入る気持ちで黙り込んだ野乃子に、静寂を害さぬよう声を潜めた貂がこそりと告げた。

「木霊様は、ほんの少しの間しかお身体をつくれない。だから、ほとんどの間、こうして木の中で眠っておられる。しかしわしらは知っておるのだ。この方がいつも――いつだって、この土地を守り続けてくださっていたこと」

陶然とした面持ちで話す貂に、野乃子も無意識に頷いた。彼らがどれほど木霊様を大切に思っているのか、この光景を見るだけで十分に分かる。この木が守られるべき存在であることも。

野乃子は傘を閉じると、妖怪たちに倣って木霊様に手を合わせた。

貂はそんな野乃子の姿を目をしばたたかせて凝視したが、結局何も言わず、自分もそれに続いた。声を発する者はおらず、雨が草木を叩く音だけが、しばらく神社に満ちる静謐な空気を揺らしていた。

「妖怪の本質、ですか」

茂野の問いかけに、そ、と茅島は短く答えた。野乃子が連れ去られたあとの『ロマンス堂』で二人はコーヒーを嗜んでいる。

「それをあの子は全く理解してない。だから妖怪をパーティに誘おうなんて血迷った発想になるわけだ。ついこの間怖い目にあったのだってもう忘れてるようだし」

「……しかし、彼は野乃子さんを助けてくれた妖怪ではないですか」

「それはせこの取った行動が偶然、人にとっての善い行いだっただけさ」

茅島は淡々と続けた。

「人間には理性があり、善悪の概念もあるが、奴らにはない。あるのはこの世に産み落とされた〝理由〟だけ。だから妖怪と人は分かり合えない――。一生ね」

茂野の表情に不安の影が差した理由に茅島はすぐ思い至る。

「大丈夫だよ。今のあの子が危険に晒されることはない」

なんせ茅島が出がけに野乃子に渡した傘には、強力な護符が仕込まれているのだ。それを持つ限り彼女にはどんな危害も及ぶことはない。加えてあの小妖怪や木霊と呼ばれた白樺が脅威にはなり得ないことも、茅島は知っていた。

だから行かせた。考え足らずの少女に、ちょっとばかし灸(きゅう)を据えるにはちょうどいい相手だったから。

脳裏にひどく傷ついた顔の野乃子が浮かんだが、茅島はすぐに頭から締め出した。

「まあ今回は、彼女が妖怪と分かり合えないと気付くよりも、町長に心を折られるほうが先かもな。あの堅物(かたぶつ)の足止めをするのは中々楽じゃな」「茅島さん‼」

その時、店の引き戸が勢いよく開き、全身ずぶ濡れで泥まみれの野乃子が現れた。

彼女のあまりの有様にさすがの茅島も言葉を失う。

「………道中百鬼夜行(ひゃっきやこう)にでも襲われた？　傘じゃ倒せなかったくらいのやつ」

「傘？　あ、傘は転んだ拍子に折れちゃったので捨てました」

「うそだろ！　門外不出の一級品だぞ！」

そう喚いて店を飛び出そうとしたところ、野乃子に服を摑んで引き留められる。振り返った茅島はまたたく間に苦りきった顔になった。

「今すぐ、教えてほしいことがあるんです！」

ずぶ濡れの少女の強い眼差しに当てられて、茅島は自分の計画ががらがら音を立てて崩れていくのを察した。

その日、立て続けに鳴る電話対応で町役場は朝からてんてこ舞いだった。

板倉は険しい表情で四方に指示を飛ばし、課内の通路を大股で突き進んでいく。

「商店街はもう手を回しましたから、次は城戸釜駅の——何？　今度は小学校に？

まったく、一体どこから湧いて出るんだ」

ほとんど呻くように言い捨て、町長室の扉を押し開けた。

そこには革張りのソファに腰かける橋爪の姿がある。

「橋爪先生。申し訳ありませんが、今日も神社へは行けそうにありません。昨日に引き続き、ご足労を無駄にして面目ない」

苦り切った顔で謝罪する板倉に、橋爪はお気になさらず、と朗らかに応じた。その傍らで、どこか楽しんでさえいるような口調で尋ねる。

「それにしても、この町ではよく起こるんですか？ 野良猫の大量発生」

今この城戸釜町では、至る場所で野良猫の出没が確認されていた。

猫たちは商店街を駆けまわり、駅の構内を横断し、学校にまで忍び込んで暴れ回っているらしい。それにより授業や営業がままならないと役場に苦情が殺到し、職員たちは今片っ端から網やマタタビを手に町へ繰り出していた。

「こんなこと、板倉家が町長に就いて以来初めてです」

正直なところ、白樺の伐採どころではない。

本来の決行は昨日だった。しかしそれもまた、午前中に行われた懇談会が思いがけぬ展開を見せ、断念せざるを得なくなったのである。

発端は「老人会をつくりたい」と提案したある婦人の一言だった。

彼女の進行役を凌駕する会話回しぶりに町民、および職員たちの議論はおおいに白熱し、話題はデイホームやバリアフリー、町の子育てや介護支援にまで及んだ。当然、終了時刻を大幅に過ぎたため、白樺伐採は今日に持ち越されたのである。

「普段は十名集まれば上々の懇談会に三十名以上参加していたのもおかしな話でしたが、まあ有意義な時間だったのであれば良しとしましょう。しかし明日こそは」

その時だ。板倉のスーツのポケットの中で携帯が鳴り、何言か交わした板倉が渋い顔でそれを置いた。

「明日、どうしても立ち会わなければならないメディアの取材が入りました。申し訳ないが、決行は金曜になりそうです」

橋爪は思わず笑ってしまった。

まるで何かに阻まれているようだ、と橋爪でさえ冗談を言いたくなってしまうが、そんなことを口にすれば彼はナンセンスだと怒り出してしまうだろう。

橋爪は潔く腰を上げた。

「金曜日の午前は講義と、午後からはこちらの高校に初出勤になりますので、残念ですが私は伐採にはご一緒できないようです」

仕方ありません。と板倉も頷く。

「しかしこの町にはまだいくつもの憂慮すべき点がありますから、先生には今後ともお付き合いいただけますと幸いです」

まるで相対する人間全員に肩こりを配り歩いているような生真面目ぶりに苦笑し、橋爪は最後に、どうしてそこまで事を急ぐのかと尋ねた。緊急性で言えば廃神社の白樺を切ることなどさほど重要ではないように思う。

しかし、答える板倉の表情はどこか思いつめていた。

「絶つためです。まずは、我が家の関わる不要な『いわく』から」

それ以上言葉が続くことはなかった。

板倉が出て行った後の町長室で、橋爪はその言葉の意味をじっくり考える。やがて視線は窓の外へ移り、塀の上をのろのろ歩く一匹のドラ猫に移り、それを抱え上げて持ち上げる細い手に移った。

町役場の塀の向こう側には、あの子が通う城戸釜高校がある。


「――水鳥ちゃんありがとう！ うん、絶対観るからね！ 本当にありがとう！」

通話を終えた野乃子は携帯を胸に抱き、ほーっと安堵の息を吐いた。さっき塀の上から降ろしたドラ猫が、ナアアと、野乃子の足元で不服そうに鳴いた。

野乃子は慌ててその艶やかな毛並みを撫で、今日の功労者（のうちの一匹）を労う。

（よかった……。これでまた一日延ばせた）

昨日の懇談会を白熱させてくれたのは、かねてからご近所仲間と老人会の設立を目論んでいた紫代だ。加えて、今の連絡はこれまで断り続けていた大手メディアの取材を引き受けたという水鳥からの報せだった。この機に町の宣伝をしてはどうかと役場に連絡しておいたので、おそらく町長も取材に立ち会うだろうということだ。

「作戦は成功かァ？」

振り向いた先には、手下の猫たちを町中に放ってくれた糸菊がいる。彼は煙管から吸い込んだ煙をぽかりと空に放ち、猫らしく目を細めて笑った。

「それにしてもよく俺を見つけられたなァ。茅島には教えてもらえなかったろ？」

「はい。でも、糸菊さんはミーハーだって聞いてましたから」

それだけの情報を頼りにオープンしたてのカフェに行ったのはダメもとだったが、そこで口いっぱいタルトを頬張る糸菊を見つけた時には飛び上がってしまった。糸菊は妖怪の中でも珍しく、人に扮（ふん）することのできる妖怪なのだ。

「今日のお礼、本当にタルト一個でよかったんですか？」

「おう、今回だけだぜ。のん子ちゃんには特大サービス」

気前よく言った糸菊が野乃子にウィンクして見せる。

こうして、火曜は紫代の、今日は糸菊の、明日は水鳥のおかげで、野乃子はどうにか白樺の伐採を、奇跡的にじりじり引き延ばすことができていた。

板倉の性格的に役場が休みの土日に職員を呼び出して山に登ることはないだろう。

つまりあと一日だ。

最終手段は野乃子が登山道入り口で仁王立ちになって板倉を止めることだったが、あの冷たい眼差しと突き刺さる正論の刃に堪え切れる気はしなかった。

「茅島に頼めばいいじゃねェか。口八丁で相手を丸め込むのはあいつの十八番(おはこ)だろ?」

「それが茅島さん、ここ数日機嫌悪くって……」

野乃子は小さく唇を突き出した。君に任すと全てを野乃子に丸投げしたくせに、茅島はどうやら野乃子が板倉を足止めできていることが面白くないらしいのだ。

(茅島さんがやれって言ったくせに……)

不貞腐れる野乃子の視界が不意に暗くなる。顔を上げると、思いのほか近くに糸菊の顔があった。

「あいつが今何を考えてんのか、教えてやろォか?」

「え……?」

「茅島が、君ひとりぼっち、妖怪の手助けをさせてる理由さ。知りたくねェ?」

糸菊のアーモンド型の目がきゅうっと細まる。

たしかに今回の茅島の行動には一貫性がない。収集品である『遺書』には見向きもしないくせに、邪険にしていた貂には協力し、かと思えば野乃子には一切手助けしないのだ。理由を糸菊が知っているというなら、ぜひ教えてほしい。

野乃子が頷きかけた時、突然ドラ猫が跳ね起き、すさまじい速さで茂みに飛び込んだ。あとには、場にそぐわぬ朗らかな声が続く。

「あら、ごめんなさいね。驚かせてしまったかしら」

声の主はなぜか塀の上にいた。フレアスカートを器用にたぐってこちら側に足を投げ出すと、その勢いのまま二メートルほどある塀を飛び降りる。えいっと華麗な着地を披露し、彼女はあの日『ロマンス堂』で見たままの上品な笑みを野乃子に向けた。

「──どうして、私が塀に登っていたのか」

「え？」

ぽかんとする野乃子に橋爪は語りかけた。糸菊の姿は既にない。

「さぞ気になるでしょうけど、これは、私の知的好奇心がそうせよと言っていたからなの。いわば未知なる知覚刺激を求めるがゆえの探索活動の一環というわけ。でも真似しちゃだめよ？　私はちゃんと許可を取ってやっているんだから」

「……そうなんですか？」

「ええ。もちろんそう」

塀の向こう側から役所の職員たちの慌ただしい声が聞こえてくる。

「橋爪先生〜！　困ったなぁ、町長にお見送りするよう言われてるのに」「お手洗いじゃないですか？　私、探してきますよ」「ここに荷物はあるんだけどなぁ」

丸聞こえだ。橋爪は微笑んだまま首から少しずつ赤く染まり、やがて熟れきった林檎のレベルになると、小さく言った。

「私、どうなるのかしらと思ったら試さずにはいられない性分なの。お願いだから塀を乗り越えたこと、生徒や先生に言いふらさないでね」

どうやら野乃子は橋爪の抗いきれない衝動を目の当たりにしてしまっただけらしい。

お茶目な一面に思わず噴き出すと、橋爪もつられたように眉を下げた。茅島が店で口にした、あの仰々しい肩書は今の彼女からは少しもうかがえない。

「あなた、あの骨董品屋さんで会った子よね？」

「はい、二年の檜村です」

「檜村さん……。なんだか少し疲れた顔をしてるわ。ちゃんと毎日眠ってる？」

橋爪の眼差しは春の日だまりを閉じ込めたように優しく、尋ねる声は親愛で満ちている。野乃子はカウンセラーの定義など知らなかったが、彼女に身を案じられたらどんな悩みごとも打ち明けてしまいそうだと思った。

ぽんぽんと、野乃子の頭を撫でる手まで温かい。

「もし何か悩みがあるなら——子供なんだもの。まずはよく食べて、よく眠ること。それから大人に相談してね。私でも大歓迎よ」

「はい、ありがとうございます」

「明後日城戸釜高校に初出勤なの。よかったら遊びに来てね」

橋爪はそう言って塀に手をかけ、考え直したように正門のほうへ走っていった。

天真爛漫（てんしんらんまん）な大人の女性が一体どんな言い訳をするのか、野乃子も少し気になったが、それよりさっきから視界の隅でちらちら揺れる赤褐色が気になって仕方ない。

「そんなとこで何してるの、貂？」

赤褐色の毛皮は分かりやすく飛び跳ね、ややあって草むらの奥から現れた。

何か話があるものと思っていたが、現れた貂は例の不機嫌顔のまま、一向に口を開こうとしない。

「……貂？」

それもそのはずだ。貂は発破をかけに来た。いい調子だ、もっともっと頑張れと、この見かけによらず役に立つ子供をさらに上手く使ってやるために。

しかし声をかける機を図っているうちに、見せつけられてしまったのだ。

「――紫代さん、お願いがあるんです！　そう。妖怪助けのお願い！」

頼み込まれた女は一も二もなく頷いた。

「――野良猫を街に⁉　そんなことできるんですか、糸菊さん！」

好悪が激しいと噂の猫魈も少女を謀りはしなかった。

「――水鳥ちゃんありがとう！　うん、絶対観るからね！　本当にありがとう！」

顔も知らぬ誰かもそれに倣った。

「――大丈夫。何ができるか分からないけど、私たちも木霊様を守るから」

共に木霊様に手を合わせたその子供は、そう言ってこちらに小指を差し出した。

貂は思い出さずにはいられなかった。

出会った雨の日。山を駆けおりた野乃子が向かった町役場でのこと。

ぬかるみに足を取られて転び、傘は折れ、泥にまみれもしたが、野乃子は辿り着いた板倉の前で毅然と言った。

「白樺の伐採を考え直してください！　あの木を、大切に思っている人がいるんです。お願いします。どうか、お願いします」

その必死の直訴は清潔なタオルと「学生は学生らしく勉強に励みなさい」の一言に

切って捨てられたが、あの瞬間から貂にとって、野乃子はもうただの人ではなかった。

「……全て終わったら、此度（こたび）の礼に貴様の望むものを用意する」

ようやく口を開いたその声は、貂本人さえ驚くほどに小さかったが、野乃子は昼休憩の終わりを告げるチャイムの隙間にたしかにそれを聞き取ったらしい。

くすぐったそうに笑って答えた。

「いいよ。私がしたくてしてることだから」

貂は今度こそ呆然として、離れてゆく野乃子の背中を見つめた。

お前がしたくてしてるなら、「——終わりではないか」

尖った歯の隙間から小さな絶望が零れる。

己の利が何一つないならば。

多少の嫌悪をやり過ごしてでも手に入れたい恩恵の一つもないならば。

「この繋がりが、お前の心ひとつだと言うならば……！」

貂は呟いたっきり、足に根が生えたように、いつまでもその場に立ち尽くしていた。

「あれ、まだ諦めてなかったんだ」

翌日。驚き半分呆れ半分で言う茅島を、野乃子は頭を抱えた体勢でじろっと睨む。

相変わらずこの店主には手伝ってやろうという気がこれっぽっちもないらしい。

「諦めてないですよ！ 今日は水鳥ちゃんのおかげでやり過ごせましたけど、明日板倉さんを止める手立てがもう何もないんですから」

「対価も無しによくそこまで頑張れるなぁ。何か弱みとか握られてんの？」

やるって言い出したの茅島さんでしょ！ と野乃子が当然の主張をぶつけた時だ。

店内に言いようのない異臭が広がり、野乃子は思わず鼻を覆って呻いた。

夏の熱気で煮詰めた生ゴミと、腐った魚を一か所に集めてファンを回したような、凄(すさ)まじい異臭だ。吐き気の込み上げる中で匂いの出所を探ると、天井付近にゆらゆらと白いものが二つ揺れている。

龍にも布切れにも見えるそれは「ごめんくださいまし」「ごめんくださいまし」と単調な声を真上から落とした。さすがに分かる。これは妖怪だ。

茅島はと言えば、これまで見たこともないような壮絶な形相で、

「僕の収集品に腐臭が移る前にとっとと消えろ。さもなくば四肢を引きちぎって箱詰めにして二度と飛べないよう海の底に沈めてやる」

と珍しく乱暴な言葉で彼らを脅し上げている。

「茅島(がやじま)さん、これって……」

「白うねりだ。付喪神の一種で、古雑巾の化けたやつ」

鼻をつまんだまま濁声で尋ねると、茅島は天井から目を離さず答えた。二匹の妖怪は茅島の脅しなどものともせず、布のはためくような動きで頭上を飛び回っている。舌打ちをして換気に走る茅島の上で、彼らは嬉しそうな声を上げた。

「我らとびきり臭うございましょう？　そうなるよう諸々仕込んでまいりましたから」

「宴に備え、今日は地力を確かめに来たのでございます」

「宴って、木霊様の……？　どうして臭くなる必要が？」

首を傾げて尋ねると、白うねりは歌うように続けた。

「殺すためでございますよ。木霊様を切り倒さんとする愚かな人間を、我らの山で」

野乃子は鼻を覆っていた手を、下ろした。

店中の窓を開け始めていた茅島は振り返らなかった。

「この汚水に浸した身体をね、奴の顔に巻き付けてやろうと思うのです。うふふ」

「息もできず、さぞや苦しみ抜いて死ぬことでございましょうな。宴では、誰が一番おぞましき殺しぶりを披露できるか競うのですから、とびきりでないと」

「あなたも参加されるのでしょう？　あの人間を今日まで足止めしてくださった」

「これカタワレ。人は殺生すると罰を受けるのだぞ。昔どこその和尚が言っておった」

「ああ、それは残念。しからばきっと、いっとう良い席を用意してくださるでしょう――。そこな狢殿が」

彼らの視線の先には、『ロマンス堂』の入り口にちょこんと立つ貂の姿がある。

「山に住まうたばかりの王よ。そのお姿もかわいらしゅうございますが、宵の宴ではあなた様の化け姿もぜひお目にかかりたい」

「『狐の七化け狸の八化け貂の九化け　やれ恐ろしや』とは、人もよう言ったもの」

けたけた笑いながら二匹の白うねりは身をくねらせて消えていった。

あとには水を打ったような沈黙が残る。

数秒後、顔を上げた野乃子は、全てを理解したような顔で茅島を見た。

「私に思い知らせるためですか」

彼は初めから知っていたのだ。妖怪たちが、貂が、自分たちを利用しようとしていたこと。それでも引き受けたのならその理由は決まっている。

ややあって振り返った茅島が、なんてことないように肩をすくめる。

「ああ。おかげで君も分かったろ」

「……」

「妖怪は、君の思うようなご機嫌な存在じゃない。でも安心してくれ。あの町長は僕が死なせない。さすがに町で妖怪起因の人死（ひとしに）はまずいしね」

言いながら、茅島は内心で自分の失態を既に悟っていた。

怒り狂うか泣き出すか、どちらかだと思っていた野乃子の表情に、はっきり失望が浮かんでいたからだ。

野乃子は無言で鞄を引き寄せ『ロマンス堂』の入り口へ向かった。彼女の前にはしかめっ面の貂がいたが、責めも詰（なじ）りもしない野乃子に動揺しているようだ。目の前に迫る少女に向かって、ふんぞり返って威勢を保つ。

「なんじゃ。妖怪が人を化かし謀ることの何が悪い！　大体、もとはと言えば」

野乃子は貂の言葉には取り合わず、まるでそこには何もいないかのように脇を素通りして店を出て行った。貂は傷ついた顔をしたが、もちろんそんなのはお門違いだ。

茅島は荒っぽく椅子を引くと、長い息を吐いてそこに腰かけた。

「わ、悪いものか！　わしらは、木霊様を」

茅島の人差し指が貂を捉え、そのまま追い払う仕草を重ねる。瞳が出ていけと告げていた。これ以上一言も喚くことを許さないと威圧を込めて。

悔しげに歯噛みし、貂は身をひるがえして夕闇に消えた。

入れ違うようにして店に戻ってきた茂野は既に何らかの異変を感じ取っていたようだ。何かありましたか、と尋ねられ、茅島は答えた。色の無い声で。

「今晩、この店は消える」


その日、野乃子は久しぶりに何も考えず眠りについた。

夢も見ないほど、朝までよく眠り、目を覚まして――なくした。


「――先生ッ！」

翌日。始業前の相談室で、橋爪にしがみついて泣きじゃくる生徒の姿があった。

野乃子だ。真っ赤になった目をしきりに擦っている。

「大丈夫。大丈夫よ、檜村さん」

「どうしよう、先生、私……!!」

「大丈夫。不安よね、でもあなたは、少しも変じゃない」

橋爪は野乃子を抱き寄せ、あやすように背中を撫でる。その口元は微笑んでいた。

「だって、よくあることよ――忘れてしまうことなんて」

「思い、出せないんです……ちゃんと、大切だったはずなのに！」

ここ最近全ての記憶がないのではない。でも、朝起きたら空っぽだった。何かが足りない。何かを手放してしまった。なのにそれが何か分からない。

縋るように訴え続ける野乃子の、ほろほろ涙が転がる頬をハンカチでぬぐって、橋爪は穏やかに言った。

「檜村さんは、赤ん坊のまどろみを知ってる？」

「……まどろみ？」

「そう。赤ちゃんの体験世界は聴覚優位だと言われてるの。視界は狭く、ぼんやりとしていて、次々訪れる知覚的な刺激に過度にさらされないよう、ほとんどの時間をまどろんで過ごしている。これは一種の防衛本能なのよ」

橋爪は、ごめんね、と一言添えて、他の職員から野乃子の家庭の事情を聞き及んでいたことを伝えた。野乃子が最近母親を亡くし、父親に捨てられたことを。

「あなたの心は、あなたがこれ以上傷つくことがないよう、無意識にそのまどろみを生み出していたんじゃないかしら。だから記憶の曖昧な部分は、そのままにしておいたほうがいいと思うの」

「……思い、出さなくて、いいんですか？」

「いいのよ」

橋爪はとろりと微笑んだ。

「だって、本当に大切な思い出なら、忘れてしまうはずないじゃない」

それは耳朶から脳に染み渡り、モルヒネのように、ゆるやかに痛みを麻痺させた。

(そっか、大切じゃないから、思い出さなくていいんだ……)

橋爪に見送られて教室に戻った野乃子は、泣き腫らした目を心配するクラスメイトたちに囲まれ、気恥ずかしさが募るまま笑って大丈夫と繰り返した。

大丈夫。大丈夫。よくあることだから、大丈夫。

そのうち野乃子は本当に忘れてしまった。何があんなにおそろしかったのかも、何があんなに、心がちぎれそうなほど、痛くて不安でたまらなかったのかも。

「ニワトリ頭に、ひょうたん頭に、僕の語彙力でも試してるのか?」

ぷつ、と何かが切れた音がして、咄嗟に胸元に触れた。

首にかけていた御守り袋の紐が切れたらしい。もう今朝の不安など欠片も思い出せなくなった、五限目のことだ。

「檜村、どうかしたか？」

担任に声をかけられ、野乃子ははっと我に返った。慌てて首を振り、夏休み後に控える文化祭についての冊子をクラスに配り始める。

「それでは今年の文化祭について、やりたいことがある人は挙手してください」

四方八方から飛び交うアイディアを書記担当の男子がひいひい言いながら黒板に書き留める間、野乃子は少し離れたところで覚えのない御守り袋を開いた。

袋の中には小さくたたまれた萌黄色の和紙が入っている。

へんなの。落書きみたい。と、絵とも図形とも言えない文字の羅列を眺めながら、野乃子はぼんやり来期の行事について考えた。

文化祭が終われば待ち受けているのは体育祭と修学旅行。それに試験やキャリア体験学習もある。夏から秋にかけては行事が目白押しで、野乃子のように真面目な委員長はどのタイミングでも雑用に駆り出されるのだ。

だからこそ、夏休みはしっかり勉強に集中しておかなければいけない。

なんせ野乃子は優等生だ。自称ではなく、そうあるべく努めて生きてきた。だからこの夏も規則正しい生活と模範的な行動を、心掛けて――。去年と同じように。いつも通り、過ごす。

退屈に。平坦に。

あの人と出会う前のように。

「茅島さん」

覚えのない名前を口にした途端、胸に突き飛ばされるような衝撃を受け、野乃子はそのまま、ふらりと教室を出た。

上履きから靴に履き替え、どこに向かっているかも分からないまま学校を出る。気が付けば走り出していた。体力の無さには定評がある野乃子だ。商店街を過ぎるころには肺が爆発しそうなほど痛んでいたが、それでも足は止まらなかった。

やがて辿り着いたのは、城戸釜町の廃トンネルの前だった。

滝のように流れる汗を手首で拭い、荒い呼吸を整えながら周囲を見回す。

海鳥の声。

波の音。

青い風に揺れる、木々のざわめき。

何の変哲もない夏の風景のまんなかに、封鎖されたトンネルの入り口がある。

(……私、ここに、来た)

この何もない場所に、野乃子は毎日、浮足立つような気持ちで訪れた。

ここに来れば野乃子は誰かに「おかえり」と迎えられたから。

そうだ。大丈夫。覚えている。ここはあの人の店。

偏屈で皮肉屋で、人の不安ばかり煽るくせに、時々優しい、あの人の骨董品屋。

「――茅島さん!!」

白蛇と約束を結んだら、城戸釜町に夏が来たのだ。

手鏡には神様が宿った。孤独な女性を想う猫又と会った。妖怪にも人間にもおそろしいものがいることを知った。それでも、野乃子は離れたくなかった。

これまでの日々がどれほど孤独で寂しかったか、彼らとの出会いに、救われてようやく気付いたから。

「ごめんなさい」

どれだけあたりを見回しても『ロマンス堂』は見当たらない。

たしかにこの場所にあったのに、消えてしまった。

「こ、怖かったんです！　ごめんなさい、怖くて逃げました。誰かと関わって傷つくのも、何度も味わった失望や落胆に、他でもないこの店で心を挫かれるのも、怖くてたまらなかった！」

野乃子は勝手だった。

真心には真心が返ってくると勝手に信じて、押し付けて、心の奥を知る努力を一つもしないまま——最後には全て投げ出した。忘れたいと願って、願うまま忘れた。

全部忘れたあとは、また空っぽで一人ぼっちの野乃子になった。

「ごめんなさい……会いたいです、皆に、あいたい」

力なくその場に座り込み、肩を落とした時だ。

すぐ目の前で土を踏む音が聞こえた。

バッと顔を上げるが、そこには何もない。間抜けに両手を伸ばして、振り回してみても何にも触れない。

いつかの茅島の言葉が耳の奥に蘇った。

「目に見えるものや耳に届くもの、すべてが真実だとは限らない」

目に見えないものや聞こえないものの触れ方は知らないが、野乃子は自然と瞼を閉じた。もう一度ゆっくり手を伸ばす。指先に何か触れる。冷たく細長い——指。

茅島の指。そう気付くと、閉じた瞼の裏側がじんわり熱くなった。

ややして、声はつむじに落とされる。

「君にはほとほと呆れた。このまま何もなかったことにしたら、もう怖いものを視ることも、奇妙な出来ごとに遭遇することもなく、人らしく生きていけたのに」

「……そうなりたいなんて、望んでないです」

強情だな、茅島はひとつ笑った。

「この店は町中のポストや公衆電話と同じなんだ。そこにあることを知らなければ、見ようとしなければ見つからない。だから君はそろそろ瞼を開けて、自分の目で確かめるべきだ」

それでもまだ見えなかったら……。

そんな野乃子の不安を茅島は無言のうちに悟ったらしい。

「ただ、強く信じろ」

信じることは、願うことだから。茅島の言葉を胸の中で繰り返し、野乃子は目を開けた。

視界に映ったのは——夏の黄昏（たそがれ）を落とし込んだ、茅島の瞳。

積み木を三つ重ねたような奇妙な形の骨董品屋。

吹き抜ける風を目で追えば、はるか上空に列をなして歩く何かの影が視える。トンネルがごぉぉと低く唸る。どこからか風に乗って祭り囃子（ばやし）が。空気を震わせる誰かの野太い笑い声が。聞こえた。帰ってきた。

「お帰りなさい、野乃子さん」

いつからか傍にいた茂野が目を潤ませて言う。

「おかえり」

素っ気ない茅島の声が後に続いた。

「……ただいま」

野乃子は安堵の息を吐いて応え、へなりと気の抜けた笑顔を浮かべた。

「一体、何がどうなってるんだ……」

既に何度も口にした独り言を板倉は再度繰り返す。薄暗い山道を下り始めて一時間。見知った道に出る気配はない。彼が職員たちと共に唐草山の登山道へ足を踏み入れたのは午前十時ごろのことだ。

山頂の神社までは三十分もあれば到達できるはずが、目印となる鳥居が一向に見えない。それどころか、登山道はいつしか木立生い茂る獣道へ姿を変え、時折木々の隙間に見える空は、なぜか夕刻の茜色だ。

携帯も電源が入らず、腕時計は入山した時間で止まっている。

そのただならぬ事態に職員たちは怯えきっていた。

「道を誤ったかもしれません。少し戻りましょう」

板倉は冷静さを失わなかったが、戻ったところで景色は変わらず、あっという間に周囲は闇夜に包まれた。体感では、昼にもまだ達していないはずである。

とうとうすすり泣き始めた職員たちを巨木の下で待たせ、板倉は仕方なく一人で下山を試みる。遭難時に動き回るのは得策でないと理解していても、どうしても信じられなかった。

(あの神社には何度も来た。今更迷うなんて有り得ない)

険しい表情で草の根をかき分けた時だ。踏みしめた地面の感覚が変わった。

顔を上げた板倉は、呆然と全身から力が抜けていくのを感じる。

「……そんなバカな」

間違いなく自分は山を下っていたはずだ。

しかし今懐中電灯が照らし出しているのは、山頂にある唐草山神社の鳥居なのである。

どさりと背後で音がし、板倉は飛び上がって振り返った。慌てて灯(あか)りを向けると、そこには青黒く粘つく泥のかたまりが落ちている。それが蠢(うごめ)きながら、少しずつ人の形を成していく。後ずさった拍子に尻もちをつくと、顔があった位置を白い何かが通り抜けた。後にはきつい異臭が充満した。

悲鳴をこらえ、板倉は足をもつれさせながら境内に駆け込む。

社に逃げ込もうと引手（ひきて）に手をかけた刹那、格子（こうし）の隙間から夥（おびただ）しい数の腕が溢れ、板倉はとうとう悲鳴を上げて後ろに転がった。無数の腕が手の甲を打ち鳴らして、金ダライが雨に打たれるような激しい音を立てている。

失神しかけながら神社の裏手に回った板倉は、そこで青く輝く池と、その中央に立つ女を見た。一目で人でないと分かる、白樺の木のように白く美しい女。

「近（ちこ）う」

骨の髄まで震える板倉に、女は白い腕を差し出し、冷たい微笑で繰り返す。

「近う寄れ。何を恐れる。貴様が切ろうとした白樺の木が私だ」

「切らせてやるからここへ来い」

「来なければ、お前の手下たちを一人ずつこの山の土の下に埋めてやる」

板倉は半ば這いずりながら女へ近寄った。女は袖の下で笑みを深め、池の縁にしずしず進んで板倉に手を差し伸べる。白樺と並ぶと、その純白さはいっそう際立った。

「さあ、もっと……もっと……。さすれば、貴様をこの水底に」

「かまわない」

震えながらも、板倉の声ははっきり響いた。

「私一人の命で、部下たちが救われるなら、かまわない」

女の顔から笑みが消える。伸ばされた腕が板倉の首に絡み、池に引きずり込むべく力が込められた——時だ。背後から闇夜を切り裂く清々しい声が響いた。

「すとおおおっぷ！」

腰元に衝撃を感じた板倉が視線を落とすと、そこにしがみつく影がある。

野乃子だ。その後ろには茅島の姿もある。

「ぎりぎりじゃないですか茅島さん！　悠長にお茶なんかしてたせいですよ！」

「君だって美味しそうに茂野のお菓子を食べてたじゃないか」

茅島は腰を抜かす板倉の横に立ち「ほら、だから足を鍛えろって言っただろ」とぬかりなくからかうと、そのまま視線を女に向けた。

「宴はお開きだ。もう気は済んだだろ——。貂」

じゅっと青白い炎が上がり、女のいた場所に貂が現れる。

貂は馬鹿にしたような表情で茅島と野乃子を見比べた。

「——宴が今日だといつ気付いた。七夕の晩じゃと、勘違いしとったろうに」

「この子はね。僕は違う」茅島は飄々と言ってのけ、野乃子はむくれた。

「天の川が霞むのは曇りの晩だけじゃない。煌々と輝く満月の晩だってそうだ。君が

『偽の遺書』を使ってこの日に決起を促したのは、望月（もちづき）が妖怪にとって最も力を発揮できる日だからだろ」

そうか、と野乃子は今更茅島が『遺書』に興味を示さなかった理由を理解した。

彼は初めから、あれが木霊によって書かれたものではないと気付いていたのだ。しかし、遺書自体に奇妙な点があったわけでもないのに一体なぜ……。

野乃子が首をひねっているうちに、貂が苛立った声を上げた。

「偽物ではない。わしが木霊様の御心のまま記した……。それに何一つ十分ではない」

憎悪に満ちた貂の声に、板倉は震え上がる。

「そやつは主様を切り倒さんとした恩知らずじゃ!!　思い知らせてやらねば、それがいかに重き過（あやま）ちか！　それがいかに我らの逆鱗（げきりん）に触れるか！」

「切らせればいい。この木に守る価値なんかない」

茅島ははっきり言った。

「初めからこの白樺には、木霊様なんて妖怪はいないんだから」

野乃子の視界から茅島が消える。いつかのように貂に飛び掛かられ、地面に押し倒されたせいだ。貂の爪が茅島の頬をひっかき、尾は怒りのままブンブン揺れた。

「何を言う!! これは主様の白樺じゃ!! おらぬはずない!! 木霊様はこの土地に根付き、我らを見守り続けてくださっておる!」

「じゃあ、お前は一度でもそいつを見たのか!」

負けじと声を荒らげる茅島に、貂の返答は野乃子の予想を裏切るものだった。

「見たことはない!」

「なら、声を聞いたか!」

「聞いたはずもない!! だが、それが何じゃ! 誰がなんと言おうと、木霊様は絶対にこの白樺の中におられる!!」

「だから、何でそれを信じてるのかって」

茅島は先の言葉を飲み込んだ。摑みかかる貂の目には、表面張力いっぱいに涙の膜が張っていた。それが零れ落ちぬよう、ぶるぶる震えながら、貂はようやく声を絞る。

「おられるに、決まっておる! わしは、見たのだ。たしかに見たのだ」

それは、どことなく靄がかった穏やかな春の日だった。

「ほら坊や。こっちへおいで。こだま様にご挨拶しましょう」

「こだま様?」

「この村を見守って下さる、わたしたちの大切なあやかし様よ」

空気の端々まで立ち眩むほどに暑い、夏の日だった。

「おとう、どうしてこんな細こい木を祀るんだ？」

「この木は俺たち板倉家の神様だ。そんで、大事なダチっ子だ。一緒にこの村を守ってくださってんだからな。ほら、お前もグダグダ言わずに手ぇ合わせとけ！」

「イッテェ！　わかったよ！」

幾千(いくせん)の彩(いろどり)に山が燃える秋の日だった。

「木霊様のおかげで今年も豊作豊漁ですよ。ほら、うふふ、お供え物が饗宴(きょうえん)みたい」

とくべつに雪の多い冬の日だった。

「……木霊様、今年はひどい大雪だ。でも頑張って耐えてくれよう。春には、生まれたばっかの倅(せがれ)と一緒に来るからよ」

何年も。何年も。人間たちは飽きもせずやってきて、枯れ木の前で手を合わせた。

その人間が老いれば子が。それが老いればさらにその子が。

途切れることなく、あまりにも長く。

「——おまえたちが祈るからじゃないか」

そのどうってことない、ただの枯れ木を、人間たちがあまりに一生懸命参るから、

初めは面白おかしく眺めていた妖怪たちもいつしかそれを真似るようになった。

ある者は数の揃わぬ手のひらを合わせて。

ある者は無数の瞼を全てつむって。

そうしているうちに、妖怪たちにとっても、白樺はかけがえのない存在になった。

この唐草山と我らの土地を守る、あやかしでもあり、神様でもある、姿の見えない主様になった。

貂はとうとう涙の粒を落とし、言った。

「人には視えぬ我らじゃ。それでも、ここで手を合わせている間だけは——まるで同じ時を生きているような気がした。じゃからわしは……わしらはずっと……」

瞑目し、白樺に手を合わせるのは板倉だ。

貂の横に誰かが膝をついた。

「……私がこの木を切ってしまいたかったのは、胡散臭い伝承の為に高齢の父がいつ

までも山に登ろうとするからです。誰が始めたのかも分からない風習に命を脅かされるなんて馬鹿げてる――。そう思っていましたけど」

板倉は一度言葉を切り、少し考えて、続けた。

「それがこの町を想う友人たちとの繋がりのためならば、次からは喜んで町長(わたし)が来ましょう」

「騙すようなことして、ごめん」

唐突に向けられた、ほとんど呟きに近い謝罪に、野乃子は驚いて隣を凝視する。

茅島と目は合わなかったが、ようやく言えたと微かに下ろされた肩は見逃さなかったので、野乃子は小さく笑ってそれを許すことにした。

そのついでに一つ尋ねる。白樺に妖怪がいなかったなら、一体コダマ様の話はどこからきたのかということだ。

白樺を祀っていた人たちだってなんの謂れもない木を崇めたりしないだろう。

「遠い昔に、何かはあったんだろう。なんてことない些細な出来事が、細々と語られていくうちに全く別の逸話になった――。よくある話さ」

そう言った茅島は、ほんの一瞬懐かしむように目の端を緩めた。

七月七日。雲間から覗く天の川の下で『ロマンス堂』の七夕祭は開催された——もののの、水島が持参したワインでいの一番にひっくり返ってからは七夕関係なしのどんちゃん騒ぎとなり、茅島はげっそり顔でひとり階下へ逃げた。

「今日はずいぶん賑やかですね」

店内にあったのは思いがけぬ客人の姿である。

「……二階で虎が暴れててね」

閉店の札出しといたんだけどな、とすげない態度の茅島に、客人、橋爪は苦笑しながら謝る気配を見せる。

しかし、発せられたのはひどく冷めきった言葉だった。

「せっかくあの子の妖異を祓えたと思ったのに、まさかあれほど深く心を捉えられていたとは、驚きでした」

茅島は動きを止め、探るような眼差しで橋爪を見ると、

「祓い人か」

と確信めいて呟いた。橋爪は口角のみで微笑んだ。

「呪術や陰陽術は使いませんけど、そういう呼ばれ方も時々します」

初めに覚えた、彼女への出所の知れない不快感の理由はそれか、と茅島は納得したが、だからどうということはない。学者も祓い人も等しく好意の対極にいる相手だ。

「妙だと思ったんだ。あの子があんなに綺麗に忘れるなんて、まるで、忘れて良いぞと誰かに後押しされたみたいじゃないか」

橋爪はくすくす笑った。

「あら、そんなに怒って。すごく悲しかったんですね……。かわいそう。けど」

頭師(かしらし)に筆を入れられる前の雛人形のように、橋爪の表情がふっと消えた。

「あなたがたってそういうものでしょう？」

黙り込んだ茅島に、橋爪は満足したように微笑んで出口へ向かっていく。警告が目的だったのだろう。次はどうか邪魔をしないようにと、最後にそんなことを言われた気がするが、もう茅島の耳には届いていなかった。

沈めることに努めていた。

深く暗い穴の底で何かが、息を吹き返す気配を感じて。

「あ！　いた、茅島さん！」

背後から声がかかり、我に返った茅島が振り返ると、そこには腕いっぱい、短冊の揺れる笹を抱える野乃子がいた。

「願いごと書いてないの茅島さんだけですよ！　ほら、ペンを持ってきましたから」

「……」

「書きたくないとか言わないでくださいね。こういうのは形が大事ですから」

ペンを押し付けて、ぶらさがる短冊の持ち主をひとつひとつ紹介する野乃子に、茅島はつい問いかけそうになる。

君にとって妖怪はなんだ。

道端のたんぽぽじゃないんだろ。繋がるはずもない縁を紡いだり、名を呼ばれる喜びを教えたり、会えない寂しさに泣いたりする。

まるで、人同士がそうするように。

野乃子の胸元に御守り袋が揺れる。その丁寧に繕い直された跡を見て、意識の外で動きそうになった手を茅島はポケットにねじ込んだ。

「どうかしたんですか？　茅島さん」

「別に」茅島はふいと顔をそむけた。

「それよりほら、短冊なら、そこにちょうどいい奴らがいる」

言われて『ロマンス堂』の入り口を見た野乃子は、わっと歓声を上げた。

そこにはガラス戸にぺたりと額を張り付けるたんたんと、機嫌よくタルト屋の箱をかかげる糸菊。そしてバツの悪そうな顔で両手に野菜を抱える貂の姿があった。

大喜びで妖怪たちを迎える野乃子の姿に、茅島は人知れず笑みをこぼした。

思い出すのは、月の晩。白樺の傍で、無茶な願いを託した男のことだ。


「約束だぞ、焔。

お前が見届けてくれ。人と妖怪が、手を取り合って暮らす未来を」

＜初出＞

本書は書き下ろしです。

この物語はフィクションです。実在の人物・団体等とは一切関係ありません。

◇◇メディアワークス文庫

妖怪の遺書、あつめてます

岡田 遥

2023年1月25日　初版発行

発行者　山下直久
発行　株式会社KADOKAWA
〒102 - 8177　東京都千代田区富士見2 - 13 - 3
0570-002-301（ナビダイヤル）
装丁者　渡辺宏一（有限会社ニイナナニイゴオ）
印刷　株式会社暁印刷
製本　株式会社暁印刷

●お問い合わせ
https://www.kadokawa.co.jp/（「お問い合わせ」へお進みください）
※内容によっては、お答えできない場合があります。
※サポートは日本国内のみとさせていただきます。
※Japanese text only

※定価はカバーに表示してあります。

Printed in Japan
ISBN978-4-04-914702-5 C0193

メディアワークス文庫　https://mwbunko.com/

本書に対するご意見、ご感想をお寄せください。

あて先
〒102-8177　東京都千代田区富士見2-13-3
メディアワークス文庫編集部
「岡田 遥先生」係

◇◇◇